G000089968

COLLECTION FOLIO

Arto Paasilinna

La cavale du géomètre

Traduit du finnois
par Antoine Chalvin

Denoël

Titre original :

ÉLÄMÄ LYHYT, RYTKÖNEN PITKÄ

Werner Söderström Osakeyhtiö, Helsinki.

Arto Paasilinna est né en Laponie finlandaise en 1942. Successivement bûcheron, ouvrier agricole, journaliste et poète, il est l'auteur d'une vingtaine de romans dont *Le meunier hurlant*, *Le fils du dieu de l'Orage*, *La forêt des renards pendus*, *Le lièvre de Vatanen*, *Prisonniers du paradis*, tous traduits en plusieurs langues.

PREMIÈRE PARTIE

1

La Finlande tout entière entrait dans l'été. Les eaux s'étaient libérées, les humains réveillés. Le soleil resplendissait et un vent froid soufflait à grandes rafales. À Lestijärvi, une mère de famille faisait cuire des brioches. Du côté de Kokkola, un conducteur en état d'ivresse provoquait un accident mortel. La routine d'un début d'été.

Ce matin-là, Seppo Sorjonen, chauffeur de taxi salarié, avait conduit un client du centre d'Helsinki à Otaniemi. Il suait à grosses gouttes. Dans la voiture flottait encore l'odeur des courses de la nuit.

Depuis quelque temps, son amie Irmeli Loikkanen avait tendance à se montrer exagérément autoritaire et Sorjonen en avait sa claque. Il se disait que ce serait drôlement agréable d'aller à la campagne, de rouler sur des routes droites par cette belle journée d'été, d'observer les nuances de vert clair dans les bois qui bordaient la route. Mais un chauffeur de taxi salarié n'est pas maître de sa vie. Il est à la merci des hasards quotidiens. Il doit aller là où va son client. Sorjonen réfléchissait à tout cela avec une certaine exaspération : c'était comme ça, il n'avait pas son mot à dire en ce qui concernait son travail, il devait obéir non seulement au propriétaire de la licence et du véhicule, mais aussi aux clients qui se succédaient. L'exercice de son métier était régulièrement perturbé par la police et les contractuelles. Au bord de la chaussée, de véritables taillis de panneaux de signalisation le guettaient : des « sens unique » et autres « stationnement interdit », sous la menace silencieuse desquels il devait conduire. Il n'y avait guère de métiers où l'on fût soumis à autant de maîtres.

À Otaniemi, il prit la direction de Tapiola. Il avait l'intention de s'arrêter sur la place de Tapio pour s'acheter à boire au kiosque, puis de rejoindre la route de l'ouest et de retourner dans le centre de Helsinki en traversant les paysages marins. Sa station se trouvait à Hakaniemi, un endroit pas fameux : on y prenait parfois des clients si louches qu'il fallait s'estimer heureux de pouvoir revenir sain et sauf.

En tournant dans Tapiontorintie, Seppo Sorjonen sursauta : un vieil homme exceptionnellement grand, vêtu d'un costume gris, se tenait debout, les jambes écartées, au milieu de la chaussée. Indifférent à la circulation, il ne regardait que sa cravate, dont les extrémités flottaient comme des fanions aux couleurs vives dans le vent qui venait de la place. Il avait l'air de quelqu'un de convenable. Il devait avoir dans les soixante-dix ans. Ses cheveux gris acier ondoyaient dans le soleil. Son visage était ferme et ridé, avec un nez et une bouche vigoureux. Le front plissé, il essayait avec ses doigts raides de faire apparaître sur sa cravate un nœud digne de ce nom.

Sorjonen fut obligé de s'arrêter, car l'homme bloquait le passage. Il baissa sa vitre et attendit que l'autre vienne à bout de sa tâche, en se demandant avec un certain amusement pourquoi il devait à tout prix nouer sa cravate au beau milieu de la circulation. Derrière son taxi, une file de voitures commençait à se former. Mais rien ne pressait. On pouvait bien attendre que Monsieur termine son nœud.

Cela fait une drôle d'impression de ne pas savoir qui on est, d'où on vient ni où on va.

Taavetti Rytkönen, soixante-huit ans, était exactement dans cette situation. Il ne savait pas où il allait, ni qu'il venait de sortir d'une agence de la Banque nationale, où il avait oublié son portefeuille et ses papiers d'identité, mais tout de même pensé à fourrer dans sa poche intérieure l'argent retiré à la caisse. Ce n'était pas une petite somme : une liasse de billets de mille marks attachés par un élastique, épaisse d'un centimètre et demi ! Il ne se souvenait pas de la raison pour laquelle il avait retiré une somme si importante, ni qu'il venait de vider son compte.

Après avoir erré quelque temps dans les ruelles et sur les places de Tapiola, en essayant de se rappeler ce qu'il était venu y faire, il s'était énervé et avait commencé à prendre peur. Il avait défait son nœud de cravate. Se souvenait-il encore de son nom ? Taavetti... Taavetti Rytkönen, oui, c'était bien cela ! Rien de grave. Tant qu'il se souvenait de son nom, rien n'était perdu !

Il était arrivé sur une vaste place pleine de voitures. L'endroit lui paraissait familier. Sa cravate pendouillait mollement sur son costume. Irrité, il l'avait enlevée et s'était mis à marcher en direction d'Otsalahti. Il s'était bientôt rendu compte que sa tenue était plutôt négligée et avait décidé de remettre sa cravate. Mais ce n'était pas si simple ! Comment faisait-on, déjà ? Par où fallait-il passer les bouts pour former un nœud double convenable ? Il avait essayé de se souvenir.

Il se tenait à présent au milieu de la chaussée et se débattait avec sa cravate. Tantôt le nœud était trop épais, tantôt il se plaçait au mauvais endroit. Rageur, Rytkönen se demandait qui diable avait instauré cette stupide obligation qui poussait des centaines de millions d'hommes à nouer à leur cou chaque matin, avant de partir au travail, un bout de tissu inutile. Quand un homme n'avait pas de cravate, c'était le signe qu'il touchait un salaire plus faible que ceux qui sacrifiaient à cette coutume idiote. La cravate n'était qu'une source de tourments et d'embêtements. En plus, elle avait un aspect terriblement comique. Pourquoi ne pas porter des girouettes sur les chapeaux, pendant qu'on y était ? Mais voilà, un homme respectable ne se promenait pas dans la rue sans cravate, c'était l'évidence même.

La file de véhicules qui s'allongeait derrière son taxi commençait à inquiéter Seppo Sorjonen. Il sortit de la voiture et s'approcha de l'homme au costume gris.

« Je peux vous aider ? »

Le visage de Taavetti Rytkönen s'éclaira. Il pencha la tête en arrière et, d'un air résigné, laissa Sorjonen finir le nœud. « C'est que je n'avais pas de miroir, dit-il, et sans miroir je ne peux pas... je ne vois pas mon cou. »

Lorsque le nœud fut terminé, il monta à l'arrière du taxi sans autre forme de procès et s'installa confortablement sur la banquette. Soulagé, il ferma les yeux.

« Où allons-nous ? demanda Sorjonen.

— Tout droit. »

La voiture se mit à rouler et la longue file se disloqua. Sorjonen jeta un coup d'œil sur son client dans le rétroviseur. Il avait l'air d'un homme tout à fait normal, bien qu'il ne parût pas savoir où il voulait aller. Avec la psychologie infaillible du chauffeur de taxi, Sorjonen conclut que le bonhomme était peut-être un peu étrange, mais que ce n'était sans doute pas le genre à partir sans payer.

Taavetti Rytkönen n'arrivait pas à décider à quel endroit il pouvait avoir des raisons de se rendre. Le chauffeur le regardait dans le rétroviseur et cela commençait à l'énerver.

« Allez où vous voulez », lâcha-t-il.

Seppo Sorjonen inséra sa voiture dans la circulation et, suivant son inspiration du moment, commença à remonter Kehätie en direction du nord. Comme son client ne protestait pas, il roula jusqu'à Pitäjänmäki et Konala. Il demanda alors à son passager si l'on était bien sur le bon chemin et à quelle adresse il voulait se rendre. Rytkönen lui répondit avec humeur :

« Bien sûr que c'est le bon chemin. Tous les chemins sont bons ! »

Sorjonen commença à avoir des soupçons. Il n'avait pas envie que ce vieillard se moque de lui et le fasse rouler au hasard à travers la banlieue. Il insista pour qu'il lui indique l'adresse, en expliquant que cela lui permettrait d'arriver plus vite à destination.

Taavetti Rytkönen s'énerva. En quoi l'endroit où il allait regardait-il le chauffeur ? Il estimait qu'un citoyen finlandais libre avait le droit de se rendre en taxi jusqu'au bout du monde, s'il le voulait. Le boulot d'un chauffeur, c'était de conduire. Il n'avait qu'à mettre les gaz et à rouler plein pot tant que la voiture marchait et qu'il y avait de l'essence. Et si le carburant venait à manquer, il suffisait de s'arrêter dans une station-service.

Cela convenait à Sorjonen. Il prit la route de Hämeenlinna et déclara qu'en ce qui le concernait, il se fichait pas mal de l'adresse. C'était juste une habitude qui s'était établie dans ce métier : au début de la course, il était d'usage de demander au client où il voulait aller. S'il n'avait pas envie de donner d'adresse, c'était son affaire. Les adresses, ce n'était pas ça qui manquait dans ce pays ! Il y en avait des centaines de milliers. Alors pas la peine de s'énerver. On partait. On allait essayer de rouler aussi vite que la loi le permettait, et même un peu plus.

« Parfait », grommela Taavetti Rytkönen depuis la banquette arrière.

Seppo Sorjonen appuya sur l'accélérateur et se plaça sur la voie de gauche. Ils arrivèrent bientôt sur la nouvelle autoroute de Hämeenlinna. La voiture filait à pleine vitesse.

2

Ils roulaient en silence vers le nord. Taavetti Rytkönen était soulagé : à présent, on bougeait, il se passait quelque chose et il se sentait en sécurité. Le sommeil commençait à le gagner. Bercé par le ronronnement du moteur, il s'endormit sur la banquette.

Seppo Sorjonen conduisait avec plaisir dans la campagne. Cela faisait du bien, de temps à autre, d'échapper aux encombrements d'Helsinki. Il était chauffeur de taxi depuis un an et ce travail ne lui plaisait guère. Les courses de nuit, surtout, étaient déprimantes : les putes insolentes et les ivrognes qui le menaçaient et vomissaient dans la voiture étaient des clients plutôt désagréables. Les hommes d'affaires qu'il conduisait à l'aéroport ne valaient guère mieux : en proie à l'excitation du départ, ils se donnaient des airs pressés et importants, comme des gens qui ont beaucoup voyagé. Sorjonen avait vu le monde lui aussi. Il était même allé une fois en Nouvelle-Zélande. Il se souvenait en particulier d'un long voyage qu'il avait fait un été, deux ou trois ans auparavant : il s'était retrouvé avec une étrange bande de suicidaires qui parcourait la Finlande et l'Europe dans un autocar de luxe. Ils étaient arrivés au Portugal. Là, le bus était sorti de la route, avait dégringolé une pente assez raide et plongé dans la mer.

Le vieil homme qui dormait sur la banquette arrière avait l'air plutôt sympathique. Soixante-dix ans à vue de nez. Il devait avoir pas mal de kilomètres derrière lui. En un certain sens, les humains, ceux de sexe masculin en tout cas, étaient comparables à des véhicules d'occasion. On pouvait reconnaître le modèle et évaluer le kilométrage. Un observateur averti était capable de dire si les amortisseurs étaient encore bons, si l'embrayage patinait, si les cylindres étaient usés. Les hommes étaient comme des poids lourds : les vieux comme de vieux camions et les jeunes comme des camions neufs. Mais il y en avait aussi qui ressemblaient plutôt à des mobylettes ou à des scooters des mers.

Les femmes, elles, à supposer qu'on puisse les comparer à des véhicules, étaient comme des voitures. Une femme jeune et jolie était une décapotable aux lignes fluides, mais si elle pratiquait avec trop d'ardeur la circulation nocturne, la carrosserie ne résistait pas : elle se couvrait de bosselures, la peinture s'écaillait, les béquets rouillaient. Un jour où l'autre, pendant une marche arrière, un feu arrière se brisait et cela ne valait pas le coup de le changer.

Il y avait aussi des voitures féminines qui ne vieillissaient jamais et restaient intemporelles année après année, tout au long de l'histoire de l'automobile. On les bichonnait avec amour et leurs formes suscitaient encore l'intérêt alors que les camions les plus robustes étaient partis à la casse depuis longtemps. Les héroïques mères de familles nombreuses, quant à elles, étaient des autobus parfaitement fiables, toujours à l'heure, qui ne laissaient jamais personne sur le bas-côté.

En réfléchissant de la sorte, Sorjonen arriva à la sortie pour Hyvinkää et fut sur le point de demander à son passager s'il ne voulait pas aller dans cette ville, mais comme le vieil homme dormait, il décida de continuer en direction de Hämeenlinna. À Riihimäki, il se dit qu'il s'arrêterait volontiers pour visiter le musée des chemins de fer, mais il n'eut pas le cœur de réveiller le camion endormi. Il alla jusqu'à Hämeenlinna et décida d'entrer dans la ville : il avait roulé assez longtemps sur l'autoroute et avait envie de ralentir un peu.

Taavetti Rytkönen fut réveillé dans le centre-ville par l'allure saccadée de la voiture. Il se frotta les yeux et demanda au chauffeur où ils étaient.

« À Hämeenlinna. Depuis quelques instants.

— À Hämeenlinna ? Mais qu'est-ce qu'on est venu faire ici ? »

Sorjonen répondit qu'il avait décidé de rouler vers le nord et que c'était la raison pour laquelle ils avaient abouti dans cette ville. Il était convenu qu'on roulerait dans n'importe quelle direction, pourvu qu'on bouge.

« Ah bon ! Et où allons-nous maintenant ? »

Sorjonen expliqua qu'en général, en tout cas dans sa voiture, c'était au client de décider de sa destination. Lui n'était que le chauffeur.

« Et si on continuait comme avant ? » proposa Rytkönen.

Sorjonen s'arrêta au bord de la chaussée et se retourna pour regarder son client. Celui-ci extirpa de sa poche intérieure l'épaisse liasse de billets et l'agita sous le nez du chauffeur, qui hocha la tête : il était d'accord pour poursuivre le voyage.

Lorsqu'ils passèrent devant l'hôtel Aulanko, Taavetti Rytkönen s'anima : il lui semblait se souvenir d'avoir passé plusieurs nuits dans cet hôtel.

« Il devrait y avoir une tour en pierre dans la forêt. Est-ce qu'on peut y accéder en voiture ? »

Ils trouvèrent la route et Sorjonen s'engagea sur cette étroite bande d'asphalte qui serpentait dans le parc national d'Aulanko. Sur le flanc de la colline, la route devint plus raide. On apercevait sur le côté de petits étangs sur lesquels nageaient des cygnes. La forêt était imposante et fascinait par son aspect fantomatique. Certaines essences d'arbres étaient originaires de pays lointains et les berges des ruisseaux étaient couvertes de plantes exotiques luxuriantes. Ils aperçurent un château de conte de fées et un adorable petit pavillon en bois. Au sommet de la colline se dressait une tour panoramique massive en granit. Le chauffeur de taxi et son client grimpèrent au sommet.

Seppo Sorjonen lut sur le panneau explicatif que le parc, avec ses pavillons et sa tour, avait été conçu au tournant du siècle par un colonel et homme d'affaires excentrique du nom de Standertskjöld, qui était devenu richissime en vendant des fusils et des baïonnettes à l'armée impériale russe.

Depuis la dernière plate-forme de la tour, on embrassait le magnifique paysage du Häme. Taavetti Rytkönen examina ce panorama et déclara d'un air un peu abattu que s'il était plus jeune, il se régalerait à cartographier un tel paysage. Il y avait là des collines, des lacs avec des anses, des forêts touffues et des villages. Tout ce qu'il fallait sur la même carte.

Sorjonen demanda à son client s'il était géomètre. Taavetti Rytkönen répondit par l'affirmative et commença à raconter qu'à l'été 1945, il était allé avec une équipe de collègues marquer la nouvelle frontière du pays en Carélie, depuis Värtsilä jusqu'aux grandes étendues désertes au nord-est d'Ilomantsi. On avait défriché de nouvelles laies dans des forêts ténébreuses. Le travail, fait en collaboration avec les Russes, s'était révélé assez éprouvant, car les braves voisins avaient parfois des idées un peu curieuses sur les endroits où il fallait marquer la frontière. Les équipes de bûcherons passaient derrière. Le travail d'abattage aurait dû lui aussi être partagé entre les deux pays, mais les Russes ne savaient pas couper les arbres correctement. Alors c'étaient les Finlandais qui s'étaient chargés du boulot. Si on avait laissé faire les Ruskoffs, la frontière n'aurait pas été dégagée avant dix ans. De temps en temps, les géomètres finlandais et russes se réunissaient pour une fête. Les Russes buvaient comme des trous, ils engloutissaient des litres et des litres de vodka. À l'époque, Taavetti Rytkönen était encore un jeune homme, tout juste rentré de la guerre, et il ne comprenait pas grand-chose à la vodka, ni d'ailleurs aux Russes.

« La vodka, j'ai appris à la supporter, mais les Russes, jamais. »

Il s'accouda au bloc de granit le plus haut de la tour crénelée et fixa tristement le lointain.

« Je n'ai pas de problèmes avec le passé : plus c'est ancien, mieux je m'en souviens. Mais les trucs récents, y a rien à faire, je les oublie tout de suite. »

Il avala sa salive. C'était vraiment agaçant, cette mémoire qui commençait à flancher. Il ne se souvenait plus de ce qu'il avait fait le jour même. Il pouvait bien l'avouer : il ne savait pas d'où il était parti ce matin; il y avait un grand vide dans ses souvenirs. Il devait bien habiter quelque part, mais où ? En cas de crise d'amnésie, ce n'était pas bon de rester sur place. Il fallait qu'il fasse quelque chose. Sinon, il se laissait envahir par la terreur, comme à la guerre quand ils risquaient de se faire encercler par l'ennemi. Ils avaient alors le sentiment que s'ils ne partaient pas tout de suite, ils resteraient là et se feraient tuer.

« Comment vous appelez-vous, jeune homme ?

— Seppo Sorjonen, répondit le chauffeur en tendant la main.

— Moi c'est Rytkönen... heu... attendez... Taavetti Rytkönen. »

Un sourire radieux illumina le visage du vieil homme : tout n'était donc pas perdu ? il se souvenait de son nom, et même de son prénom.

« Tu peux me tutoyer si tu veux », proposa-t-il à Seppo Sorjonen.

Pendant qu'ils se serraient la main, un gros rat traversa la terrasse d'observation et disparut dans l'escalier. Rytkönen le remarqua le premier et se demanda ce qu'un rat pouvait bien fabriquer en haut de cette tour de pierre. Il se souvenait d'avoir lu ou entendu quelque part que les rats étaient des animaux qui présentaient la particularité d'avoir le vertige. C'était pour cette raison qu'ils n'élisaient pas volontiers domicile dans les endroits élevés, mais plutôt dans les égouts et les caves.

En retournant à la voiture, Rytkönen commença à regretter ses confidences. Ses trous de mémoire ne pouvaient pas être bien graves. Il était en bonne santé, il avait des vêtements propres et sa poche intérieure était pleine d'argent. Il déclara que les choses finiraient bien par lui revenir, à condition de ne pas se faire de souci. Seppo Sorjonen approuva : il n'y avait pas de quoi s'inquiéter, c'était une belle journée d'été. Il aurait juste voulu savoir ce qu'on allait faire maintenant. Est-ce que le moment était venu de rentrer, et sinon où devait-on aller ?

Rytkönen s'énerva.

« Je viens de t'expliquer que je ne sais pas où j'habite. À supposer que j'habite quelque part ! »

Sorjonen s'excusa. Il n'arrivait pas à se faire à l'idée que son client ne savait pas où il allait ni même d'où il venait.

« Ne rabâche pas toujours la même chose ! coupa Rytkönen. Si ce voyage ne te plaît pas, emmène-moi à un poste de police, ils me mettront au trou et ils feront la lumière sur toute cette affaire. Ils ont des trucs pour ça. »

Sorjonen promit de ne plus importuner son client avec ses questions oiseuses. Il n'avait aucune envie de conduire Rytkönen à la prison de Hämeenlinna. Il était seulement désireux de l'aider. Ils pourraient s'installer dans un hôtel et essayer de tirer les choses au clair par leurs propres moyens.

Taavetti Rytkönen accepta en bougonnant et Sorjonen promit de ne pas laisser tourner le compteur pendant la nuit. Ils allèrent à l'hôtel Aulanko, où Sorjonen demanda deux chambres. Comme aucun d'eux n'avait de bagages, ils furent vite installés. Sorjonen alla ensuite retrouver Rytkönen et ils commencèrent à réfléchir à ce qu'il convenait de faire.

« Tu connais ton numéro de téléphone ?

— Impossible de m'en souvenir. »

Sorjonen demanda à la réception qu'on leur apporte les pages blanches de l'annuaire d'Helsinki. Feuilletant le gros volume, il l'ouvrit à l'endroit où commençait la liste des Rytkönen. Il y en avait une pleine page. Malheureusement, aucun d'eux ne se prénommait Taavetti. Le vieil homme perdu ne pouvait pas appeler chez lui.

« De toute façon, même si on avait trouvé mon numéro, cela n'aurait servi à rien : je n'aurais pas pu répondre, puisque je suis ici. On ne peut pas se téléphoner à soi-même.

— Évidemment, mais ta femme aurait pu être à la maison. »

Rytkönen sursauta.

« Ma femme ! Est-ce que j'ai une femme ? »

Sorjonen répondit que cela arrivait à des gens très bien. Bon nombre de ses clients étaient mariés. Mais puisqu'on ne trouvait pas le numéro, on ne pouvait pas le savoir.

Il suggéra alors au vieil homme d'appeler quelques homonymes, pour leur demander s'ils n'étaient pas par hasard parents avec lui. Peut-être l'un d'eux se souviendrait-il de lui et pourrait-il lui fournir des indications précieuses.

« Pas question ! Je ne vais pas commencer à téléphoner à des inconnus, en tout cas pas à des Rytkönen ! »

Sorjonen comprit qu'il devait mettre la main à la pâte. Il promit de composer les numéros, Rytkönen n'aurait qu'à parler.

Ils commencèrent par le début de la liste : Aarne, Aila, Aulis Rytkönen. Aucun ne répondit. Amalia Rytkönen cria : « Allô !

— Ici Taavetti Rytkönen. Est-ce que par hasard vous me connaîtriez ? Vous ne seriez pas parente avec moi ? »

Amalia lui raccrocha au nez. Ils essayèrent d'autres Rytkönen. Taavetti s'efforçait de varier ses questions.

« Avez-vous vu Taavetti Rytkönen ? Non... vous ne le connaissez pas... ça ne fait rien. Merci, au revoir. »

« Vous n'avez jamais entendu parler de Taavetti Rytkönen ? Tant pis, merci quand même. »

Ils appelèrent dans la foulée les deux cent cinquante Rytkönen inscrits dans l'annuaire d'Helsinki. Cela leur prit tout l'après-midi. De temps en temps, c'était Sorjonen qui parlait. Ils décrivaient minutieusement à leurs interlocuteurs les signes distinctifs de Taavetti, mais cela ne servait à rien : aucun ne connaissait de Taavetti Rytkönen. Leurs réactions étaient très diverses. La plupart d'entre eux restaient sur leurs gardes, certains se mettaient en colère, d'autres se montraient désireux de les aider : on connaissait des Taneli Rytkönen, ainsi que des Taavi, des Teuvo et même quelques Teukka, mais pas un seul Taavetti.

Ce labeur éreintant n'eut pour tout résultat qu'une note de téléphone astronomique. Épuisé, Taavetti Rytkönen poussa un soupir et annonça qu'il descendait au bar prendre un petit verre qui lui porterait conseil. Il demanda à Sorjonen de l'accompagner.

Rytkönen enfonça son long nez dans le verre de cognac aux flancs rebondis et huma, les narines frémissantes, les nobles senteurs du breuvage.

« Ce parfum-là, je ne l'oublierai jamais », déclara-t-il, les yeux mi-clos.

3

Inspiré par le cognac, Taavetti Rytkönen commença à évoquer ses souvenirs de guerre. Il s'était engagé à dix-huit ans, en 1941, et, après un petit mois d'instruction, avait été affecté dans l'arme blindée, d'abord sur l'isthme de Carélie, puis dans la région du lac Ladoga, sous le commandement de Lagus. Il parlait avec enthousiasme des moments très forts qu'il avait vécus pendant la guerre.

Ils commandèrent à manger. Rytkönen expliqua qu'à cette époque, la nourriture était exécrable. Ils avaient beau faire partie des troupes d'élite, on ne leur donnait que des biscottes de pain de seigle et de la soupe de pois. L'armée avait de quoi acheter des blindés hors de prix, de l'essence spéciale pour les faire marcher, et des munitions toutes brillantes, mais pas de la nourriture décente pour ses forces vives. Le prix d'un homme était tellement inférieur à celui d'un blindé que le genre de soupe avec lequel on faisait marcher un soldat n'avait strictement aucune importance. En temps de guerre, on pouvait avoir des hommes pour pas un rond.

Rytkönen estimait que les soldats étaient mieux nourris aujourd'hui. Les cantines des casernes étaient comme des restaurants, avec des menus et tout. Quand on partait en manœuvres, on prévoyait plusieurs plats différents. Les gars de maintenant, on ne pouvait pas leur donner n'importe quoi. Il leur fallait une entrée, un plat chaud, un dessert et du café.

Seppo Sorjonen écoutait sans grand intérêt ces histoires d'ancien combattant. Il appartenait à une génération qui ne connaissait la guerre qu'à travers les livres d'histoire et les brèves séquences du journal télévisé. Il ne parvenait pas à se la représenter de façon très concrète. Pendant la visite d'incorporation, pour ne pas gâcher un an de sa vie dans l'armée, il avait essayé de se faire réformer pour troubles mentaux, en inventant toute une histoire au sujet de ses angoisses et de ses hallucinations. Il s'était plaint également de douleurs dans le dos et avait marché en boitant pitoyablement. Sa comédie n'avait pas réussi à convaincre le médecin militaire, un homme expérimenté qui avait estimé que Sorjonen ne souffrait que de troubles légers et l'avait déclaré apte. Il avait fait son service dans le bataillon d'artillerie côtière de Suomenlinna et terminé comme infirmier militaire, avec le grade de caporal-chef.

Il pensait que, dans les guerres modernes, le rôle décisif était joué par les armes de destruction massive. Après l'accident de Tchernobyl et la guerre du Golfe, il était arrivé à la conclusion que l'humanité ne survivrait pas à une guerre atomique : tout le monde périrait, les soldats comme les civils. Dans une telle guerre, un petit caporal-chef n'aurait pas beaucoup d'importance.

Le sergent de cavalerie Taavetti Rytkönen découpait dans son bifteck saignant d'épais morceaux qu'il engloutissait aussitôt, en buvant de temps en temps de grandes rasades d'eau-de-vie et, pour faire passer le tout, de bonnes lampées de bière glacée. Sorjonen mangeait du bout des lèvres son lavaret fumé, qu'il accompagnait d'un petit blanc sec. Il expliqua qu'il avait pris l'habitude de boire des vins légers au cours de ses voyages dans différentes régions d'Europe.

« Tu es un brave garçon, bien que tu manques un peu de virilité, déclara Rytkönen sur un ton appréciateur, mais les jeunes d'aujourd'hui sont presque tous comme ça. »

Il évoqua ensuite les actions héroïques de sa génération, en prenant pour exemple sa propre expérience de canonnier dans les chars, pendant l'année 1942. C'était l'hiver et son unité blindée, cantonnée à cette époque à Lotinapelto, sur la rivière Svir, avait été envoyée en mission de reconnaissance et de sabotage sur le lac Ladoga gelé. On avait eu connaissance de mouvements ennemis dans la zone littorale et on craignait que les Ruskoffs ne construisent sur la glace une piste d'atterrissage ou une base. On avait envoyé trois chars, des vieux Vickers. Ils étaient équipés de canons de 45 pris aux Russes et on pouvait les faire rouler sur la glace, car ils ne pesaient même pas dix tonnes.

« La nuit précédente, les Russes avaient ouvert des fissures à l'explosif. De l'eau s'était répandue sur la glace et on avançait dans une sorte de bouillie épaisse. Les deux autres chars sont restés pris dans la glace, mais pas le nôtre. On a roulé en direction de Tihvinä, par moins quarante et dans une vraie purée de pois, et on a regagné la terre ferme à cinquante kilomètres de là.

« Au petit matin, dans une pinède située sur un promontoire, on a vu toute une bande d'oiseaux dans les arbres couverts de givre. On a avancé de cent mètres. Il y avait pas loin de vingt gros coqs de bruyère ! Ils balançaient leur tête et ne s'enfuyaient pas, malgré le boucan que faisait le char. Par un tel froid, ils n'avaient pas envie de s'envoler. On a voulu les tirer au pistolet, mais ce n'est pas l'arme idéale pour ce genre de bestiole. J'ai demandé alors si je pouvais tenter ma chance au canon. Le chef de char m'a autorisé à tirer un obus, en disant que ce serait une occasion d'essayer l'arme. J'ai pointé le canon sur le tronc du pin le plus gros, cinquante centimètres au-dessous d'un volatile, et j'ai tiré. La cime du pin a disparu du paysage et les coqs avec. Je me suis dépêché d'aller voir et j'en ai trouvé six au pied des arbres. Quelques-uns étaient morts, les autres agonisaient en battant des ailes. C'était le souffle de l'explosion qui les avait fait tomber. On a mis ce butin en réserve et on a poursuivi notre route vers Tihvinä. Toute cette histoire nous faisait sacrément rigoler.

« Au bout d'une heure, on est arrivés en vue de la base côtière des Russes. Il y avait là une bonne vingtaine de chars enterrés. J'ai tiré sur le bâtiment de service et sur un blindé : ils ont pris feu aussitôt. C'était un char d'un nouveau modèle, un Klim Vorochilov. Le jour commençait à se lever. Plus loin dans la forêt, on a encore rasé deux blockhaus et démoli une écurie, en récupérant plus d'une dizaine de chevaux. Dans les ruines j'ai trouvé deux sacs de farine de froment intacts et une caisse de lard. On les a emportés, entassés sur le plancher du char, avec les coqs de bruyère et les obus. On a attaché les chevaux avec une corde les uns derrière les autres, et on est repartis sur la glace avec notre char, en direction de la Svir. Il fallait faire vite, parce que l'ennemi s'était lancé à nos trousses. Les chevaux avaient tendance à s'emballer : ils avaient peur du bruit du moteur et des chenilles, et aussi des gaz d'échappement et des coups de canon. Mais le chef de char est monté sur la tourelle et a donné aux chevaux de tête des biscottes militaires finlandaises. Ces haridelles russes adoraient ça. C'est comme ça qu'on a pu les faire galoper derrière le char sur le lac Ladoga. »

Seppo Sorjonen écoutait, fasciné, le récit sinueux et riche en péripéties que lui faisait le vieux soldat. La partie finale de l'expédition était tout aussi mouvementée et périlleuse.

« À un moment, j'ai ouvert la trappe du char et j'ai vu deux Stormovik qui grondaient dans les nuages au-dessus de nous. Ils ont lancé des bombes sur la glace, on a eu de l'eau plein les yeux. Les chevaux étaient de plus en plus affolés. On a essayé de se réfugier sur la terre ferme, mais devant nous les obus avaient ouvert une brèche dans la glace et le char s'est enfoncé. Heureusement, le fond était suffisamment haut pour que la tourelle et le canon restent hors de l'eau. On a sauté dehors et on est allés calmer les chevaux. On leur a dit en russe : hoo, hoo, tout doux, ce n'est rien. Les avions nous ont encore bombardés un moment, puis ils sont partis parce qu'ils étaient à court de carburant, alors on leur a tiré dessus avec la mitrailleuse. Sur le Vickers, il y en avait une à côté du canon. Cette fois-là, ça nous a bien aidés !

« On n'avait pas le temps de s'asseoir pour griller une clope, même si on en avait sacrément envie. On envisageait de laisser le char dans le lac, mais le chef et moi on s'est dit que, puisqu'on avait des chevaux, on n'avait qu'à leur fabriquer un harnais avec une chaîne et essayer de le leur faire tirer hors de l'eau. J'ai pris dans le coffre latéral environ cent mètres de chaîne et on a confectionné des colliers de fortune. Ça n'a pas été facile d'atteler les bêtes, parce qu'elles ne supportaient pas le contact des maillons glacés sur leur poitrail. Mais en les rassurant de la voix et en leur donnant du pain de temps en temps, on y est arrivé. Cela nous a pris encore une heure. On avait peur que d'autres avions viennent nous bombarder. Les hommes priaient pour que le ciel se couvre et qu'un épais brouillard se lève, mais le soleil continuait de briller, et finalement les avions sont revenus. Heureusement, on avait déjà attelé les chevaux et grâce à eux on a commencé à sortir le char des eaux du Ladoga.

« Sur une île proche, on avait démantibulé un vieux ponton russe et récupéré quelques rondins qu'on avait placés sous les chenilles. On a dû un peu gueuler après les chevaux pour qu'ils commencent à tirer sérieusement. Il fallait faire vite à cause des avions. Peu à peu, le char s'est détaché du fond. Il est retombé une fois, mais on a encouragé les chevaux de plus belle et ils ont donné le meilleur d'eux-mêmes. Le Vickers a bel et bien été hissé sur la glace. On a essayé de le mettre en marche, mais il était déjà gelé. On n'a rien pu faire d'autre qu'enlever les chenilles et le faire tirer jusque sur la terre ferme, où une patrouille finlandaise est venue à notre rencontre. Les gars avaient entendu un grand bruit qui venait du large et avaient pensé que c'était peut-être nous qui arrivions. On s'est réfugiés sous le couvert des arbres et comme les avions ennemis ne nous avaient pas trouvés, on a allumé de bons feux de camp. Les chevaux ont été emportés comme prises de guerre. Moi, je suis resté encore toute une nuit avec le conducteur, le sergent Ropponen, pour essayer de faire démarrer le char. On y est arrivé le lendemain, un peu avant l'aube. Un ragoût de coq de bruyère mijotait sur le feu. On se l'est enfilé, puis en guise de dessert on a fait des crêpes avec la farine piquée aux Ruskoffs. On a coupé des morceaux de lard au fond de la marmite, on a agité la pâte à crêpes dans une douille d'obus, et c'était sacrément bon.

« Pendant qu'on mangeait le dessert, j'ai vu que le sergent Ropponen avait les larmes aux yeux. Quand je lui ai demandé ce qui le rendait triste, il m'a répondu que les crêpes lui rappelaient sa mère et la maison de son enfance à Kerimäki. Il avait demandé une permission et croyait qu'il pourrait aller chez lui avant la fonte des neiges. Mais il n'en a pas eu le temps. La semaine suivante, il a été blessé grièvement à la hanche. Il est mort pendant qu'on le transportait à l'hôpital de campagne. C'est ce qu'on m'a raconté plus tard.

« C'était comme ça. Toute cette époque, je m'en souviens encore parfaitement. »

4

Ce soir-là, à l'hôtel Aulanko, Taavetti Rytkönen remonta très loin dans ses souvenirs, encouragé par l'intérêt de son jeune compagnon. Il évoqua des temps anciens, parla de son enfance, de ses années d'école et de ses camarades de guerre. Il se souvenait d'avoir fait ses études à l'Institut de technologie, dans le département de géométrie, où il avait étudié les techniques de topométrie et la géodésie. Il pensait qu'il était originaire de Hankasalmi, cela lui paraissait de plus en plus probable. Il se souvenait même du prénom de sa grand-mère : Senni ! Il se souvenait aussi qu'à l'âge de quatre ans il avait failli se noyer dans la rivière qui traversait son village : il avait plongé sous l'eau pour cueillir des plantes aquatiques dont les ondulations le fascinaient. On l'avait repêché avant de lui donner une bonne correction.

À la demande de Seppo Sorjonen, il essaya de se souvenir d'événements plus récents, mais il n'avait sans doute pas suffisamment bu pour que quelque chose lui revienne. Au fil de la soirée, les rouages de sa mémoire, huilés par quelques lampées d'alcool, se mirent à tourner suffisamment vite et il lui sembla se souvenir qu'il habitait à Espoo, dans le quartier de Tapiola, ou peut-être à Haukilahti, ou encore à Westend, dans le meilleur des cas. En imposant un pénible effort à son cerveau, il parvint à retrouver une image familière : la cour d'une maison de plain-pied, une haie de caraganas, de larges fenêtres, des dalles de bois imputrescible, et un luminaire extérieur près du toit, en haut à gauche. Et aussi les aboiements monotones et tristes du chien des voisins, une pauvre bête que ses maîtres laissaient parfois seule pendant plusieurs jours.

Mais les souvenirs les plus solidement ancrés dans sa mémoire étaient ceux des dures années de guerre et des compagnons d'armes devenus ses amis. Il cita une foule de noms, et Seppo Sorjonen en nota quelques-uns sur un coin de sa serviette en papier : Santeri Pihlajamäki, un sergent originaire de Ylöjärvi ; le colérique Heikki Mäkitalo, de Lestijärvi, secrétaire de la compagnie ; Reijo Aaltio, un sous-lieutenant originaire d'Oulu, ou peut-être de Vaasa ; et bien sûr le caporal Jänkälä, une vieille fripouille de l'extrême Nord, qu'il avait connu pendant la guerre de Laponie. Il avait revu tous ces gens à l'occasion des réunions d'anciens combattants : ils s'étaient retrouvés assez souvent pour trinquer à la santé des « blindés », mais c'était il y a longtemps. Il ne savait même pas si ses camarades étaient encore en vie.

« Ce serait marrant de revoir les potes après tout ce temps », déclara-t-il avec nostalgie. Il prit son verre, considéra le liquide qui chatoyait à l'intérieur et dit : « Est-ce que je suis vraiment un grand ivrogne pour que ce breuvage me paraisse si bon ? »

Seppo Sorjonen alla téléphoner à son patron. Il lui expliqua qu'il se trouvait à Hämeenlinna, à l'hôtel Aulanko. Le patron lui ordonna de réclamer à son client le prix de la course et de rentrer à Helsinki. Le taxi ne pouvait pas rester immobilisé en pleine saison touristique. La veille encore, deux gros paquebots étaient arrivés au port de Katajanokka, et à Otaniemi il y avait un congrès de mille ophtalmologistes. Tout cela annonçait une forte demande pour des trajets en ville.

En apprenant que le chauffeur devait retourner à Helsinki dès le lendemain matin, Rytkönen s'assombrit. Il s'était imaginé qu'il avait trouvé un vrai camarade, quelqu'un qui savait l'écouter, et voilà que tout d'un coup il lui réclamait de l'argent et lui annonçait qu'il partait ! Qu'allait-il faire, lui, un pauvre vieillard amnésique, seul dans une ville inconnue, si Sorjonen l'abandonnait ? Était-ce comme ça qu'il le remerciait pour le bon repas, la boisson, le séjour dans un hôtel de luxe et les belles histoires ?

Sorjonen essaya de convaincre Taavetti Rytkönen de revenir avec lui dans le Sud. Peut-être trouverait-il sa maison à Espoo ? Ils la chercheraient ensemble, ils ratisseraient Haukilahti jusqu'à ce qu'ils arrivent devant sa porte.

Taavetti Rytkönen devint blême à cette pensée. Devait-il interrompre son voyage pour retourner chez lui, dans une maison dont il ne lui restait pour tout souvenir que cette petite cour ? Pas question ! Il préférait courir le monde, par exemple partir à la recherche de ses vieux compagnons d'armes. Grâce à eux, il pourrait obtenir des informations sur sa vie. Ils se souvenaient certainement de tas de choses à son sujet.

Une vague de pitié déferla dans la poitrine de Sorjonen, avec tant de force qu'il promit aussitôt de continuer à s'occuper de son passager. Il pourrait prendre pour cela une ou deux semaines de vacances. Mais il fallait ramener le taxi à Helsinki, tel était l'ordre donné par le propriétaire cupide.

« On louera une nouvelle voiture, ou on en achètera une », déclara Taavetti Rytkönen.

Sorjonen téléphona à Helsinki et convint avec son patron que, dès le lendemain matin, il amènerait le taxi à Tampere, à l'aéroport de Pirkkala, où un autre chauffeur viendrait en avion pour le récupérer et encaisser le prix de la course. Il fut également décidé que Sorjonen prendrait quelques jours de vacances. C'est ainsi que les choses se règlent en Finlande quand on y met un peu de bonne volonté.

Rytkönen et Sorjonen profitèrent ce soir-là des services de l'hôtel Aulanko jusqu'à la brève extinction des lumières qui annonçait la fermeture. Sorjonen conduisit alors Rytkönen à sa chambre, tandis que celui-ci chantait avec des accents nostalgiques. Il promit de venir le réveiller pour le petit déjeuner. Le vieil homme lui assura qu'au matin il aurait complètement oublié cette soirée.

Sorjonen, lui, n'oublia pas. Aussitôt après le repas, il demanda à son ami de régler la note et le conduisit jusqu'à la voiture. Rytkönen, qui avait la gueule de bois, ne se souvenait pas vraiment de Sorjonen, et encore moins de ce qui s'était passé la veille. Il lui fallut un moment avant de comprendre qu'il se trouvait à Hämeenlinna, qu'il était Taavetti Rytkönen et qu'ils allaient partir pour Tampere, où ils loueraient une voiture après avoir amené ce taxi à l'aéroport. Ensuite de quoi ils iraient retrouver d'anciens compagnons d'armes de Rytkönen.

« Si c'est comme ça, tout va bien », se réjouit le vieux soldat.

Il y eut cependant un petit changement de programme. Lorsqu'ils croisèrent la route qui conduit au musée des blindés de Parola, Rytkönen s'anima : il voulait absolument aller voir les vieux chars sur la lande de Parola. Sorjonen pouvait amener la voiture tout seul à Pirkkala et revenir le chercher dans l'après-midi. Rytkönen paya la course jusqu'à Tampere, ainsi que le prix approximatif du billet d'avion du second chauffeur. Il ne demanda pas de reçu. Sorjonen le déposa au musée des blindés, lui acheta un billet d'entrée à la caisse, une petite cahute située sur une pente au milieu des pins, et vérifia qu'il entrait bien dans l'enceinte du musée. Il lui recommanda de ne pas s'en éloigner. Il serait de retour dans le courant de l'après-midi. Taavetti pourrait déjeuner sur place, à la cafétéria.

Sorjonen repartit pour Tampere. Rytkönen, quant à lui, grimpa sur la tourelle du premier char pour admirer le paysage du Häme et examiner le terrain de son œil de cartographe — et de canonnier, évidemment !

Pendant ce temps, à la cafétéria du musée, un dénommé Heikki Reinikäinen s'égosillait dans la cabine téléphonique. Il se plaignait à sa tante de Hämeenlinna qu'on lui avait posé un lapin. Le mari de la tante, un capitaine de l'arme blindée, ne s'était pas présenté à dix heures, comme convenu, sur le parking du musée, pour prendre livraison du sac d'oignons qu'il avait commandé. Reinikäinen l'avait attendu plusieurs heures en vain. Il était pressé. Il devait retourner chez lui, à Pyhäntä. Ses enfants ne pouvaient pas regarder les chars d'assaut toute la journée, et sa femme encore moins.

La tante essaya d'expliquer qu'elle ne connaissait pas l'emploi du temps de son mari. Il y avait peut-être eu un malentendu sur la date de remise des oignons.

« On a répété au moins cent fois que j'apporterais ces oignons aujourd'hui. Il y en a cinquante kilos et dans un bon sac. Ils sont bien secs, vous pourrez en manger jusqu'à l'automne. »

La tante fit remarquer que ces oignons ne leur étaient pas destinés. Son mari les avait commandés pour la soupe à l'oignon de la fête annuelle du club des blindés. Alors ce n'était pas la peine de lui crier après. Elle lui proposa d'apporter le sac à Hämeenlinna. Mais l'autre n'était pas d'accord : il devait rentrer chez lui.

« J'ai essayé de laisser ces fichus oignons à la caisse du musée, mais la fille à l'intérieur était en train se mettre du rouge à lèvres et elle a rien voulu savoir. Elle a dit que ça puait ! Les oignons, ça pue pas ; ça sent l'oignon, c'est tout. »

Le cultivateur d'oignons avait tout de même trouvé une solution. Il avait traîné le sac à l'intérieur du musée et l'avait caché dans un char de fabrication allemande, dans la tourelle, sous l'écoutille située à droite quand on faisait face à l'engin. Il demanda à sa tante de noter le modèle et l'emplacement. Il s'agissait du Sturmgeschutz 40 Ausf G, le cinquième char de la première rangée, en partant de la gauche, c'est-à-dire vu depuis la caisse. Avait-elle bien compris ? Reinikäinen pensait que, dans la tourelle, les oignons se conserveraient une bonne semaine et que personne ne les volerait parce que la trappe était très difficile à ouvrir et que l'autre était soudée, de sorte qu'aucun voleur ne pourrait entrer dans le char.

« J'ai accroché le sac à la trappe avec ma ceinture, la boucle est sur la poignée intérieure, à gauche ; il faut faire attention, en ouvrant, de ne pas se laisser écraser les doigts. Dis aussi à ton mari de me renvoyer la ceinture par la poste quand il aura récupéré les oignons. Dans le sac, j'ai mis aussi une bouteille de vodka, en échange de celle que je vous avais empruntée la dernière fois. »

La tante demanda encore de quelle marque était le char dans lequel Reinikäinen avait caché les oignons.

« Prends un papier et un crayon et note ! Sturmgeschutz 40, Ausf G ! C'est clair ? Cinquième char en partant de la gauche ! Allez, salut. Ce sont de bons oignons, tu sais. Venez nous voir cet automne pendant la chasse à l'élan ! Tchao ! »

Taavetti Rytkönen fouina toute la journée dans le musée des blindés. Il visita également la halle couverte et assista à la démonstration de conduite. Il obtint même la permission de conduire un instant une automitrailleuse britannique. Il y avait là un petit groupe de touristes japonais intéressés par les véhicules militaires européens de la Seconde Guerre mondiale. Ils photographièrent Rytkönen au volant de l'auto-mitrailleuse, avec tant d'enthousiasme qu'ils faillirent se faire écraser lorsqu'il se mit debout dans la cabine pour essayer de se montrer plus à son avantage.

Ce qui intéressait surtout Rytkönen, c'étaient les chars lourds anciens. C'était avec ceux-là qu'il avait fait la guerre ; il les connaissait bien. Un char allemand qui exhalait une forte odeur d'oignon l'intriguait tout particulièrement : en général, les chars d'assaut sentaient plutôt la graisse et la poudre.

5

La journée passa très vite. Taavetti Rytkönen retrouvait des souvenirs. Il reconnaissait sans erreur possible tous les chars un peu anciens, et même le train blindé lui paraissait familier. Le musée grouillait de touristes : des familles et des groupes. Les visiteurs qui venaient de plus loin étaient les Japonais qu'il avait rencontrés pendant la démonstration de conduite. Ils s'intéressaient principalement aux chars russes récupérés par les Finlandais pendant les dernières guerres. Taavetti Rytkönen exposa obligeamment les particularités du matériel à tous ceux qui voulaient bien l'écouter. Autour de lui se rassembla au cours de l'après-midi, un troupeau d'une vingtaine de touristes. Dans son rôle d'animateur, il se sentait apprécié et nécessaire. Il apprit que les Japonais étaient des amateurs de blindés d'Osaka qui voyageaient tous les ans dans différentes parties du monde pour découvrir de vieilles armes. Ils étaient en train de créer leur propre musée, mais il restait encore très modeste en comparaison de ce que les Finlandais avaient réalisé à Parola. Ils expliquèrent qu'ils s'intéressaient surtout aux chars des puissances de l'Axe et que c'était pour cette raison qu'ils se trouvaient ici. Ayant pu constater l'étendue des compétences de Taavetti Rytkönen dans ce domaine, ils l'invitèrent officiellement à venir à Osaka l'année suivante, pendant que les cerisiers seraient en fleur, pour prononcer une conférence sur les chars russes pris par les Finlandais. Ils s'engagèrent à lui payer son billet d'avion ainsi que des honoraires confortables. Ils appréciaient tout particulièrement le fait qu'il parlait couramment l'allemand, la langue préférée des amateurs de chars. Rytkönen promit de venir à l'époque fixée. Il glissa dans sa poche intérieure toutes les cartes de visite de la délégation japonaise et déclara qu'il reprendrait contact lorsque le texte de sa conférence serait prêt.

Avant cela, il avait mangé à la cafétéria une soupe de pois et une « crêpe du blindé », qui différait d'une crêpe ordinaire en ceci que sa surface était légèrement plissée, comme si une autochenille lui avait roulé dessus ; elle était aussi sensiblement plus grosse.

Peu à peu, les touristes quittèrent le musée. L'heure de la fermeture arriva. Le soir tomba. Mais Taavetti ne se rendit compte de rien. Il continua à regarder, avec un enthousiasme enfantin, à l'intérieur des vieux canons et à ouvrir les écoutilles des chars. Il était tout particulièrement fasciné par le Sturmgeschutz 40 qui sentait l'oignon. Il se souvenait que ces chars pesaient vingt-cinq tonnes. L'armée finlandaise les avait achetés en 1943 et ils avaient joué un rôle important dans les combats défensifs sur l'isthme de Carélie. Il décida d'examiner l'engin de plus près. Il monta dessus et essaya de pénétrer dans la tourelle. L'une des trappes était soudée, mais il parvint à entrouvrir la seconde. Une puissante odeur d'oignon venue des entrailles de la machine assaillit ses narines.

Rytkönen glissa sa chaussure sous le rebord en acier de la trappe et commença à la soulever. Il aperçut à l'intérieur une épaisse ceinture en cuir, au bout de laquelle pendait un objet lourd. Il se faufila par l'ouverture. La lourde trappe se referma de tout son poids avec un grand bruit. Le vieux soldat dégringola dans le noir, d'abord sur le sac d'oignons, puis plus bas, sur le siège du conducteur ou du tireur. Il se cogna la tête contre quelque chose et le sac énorme accroché à la ceinture lui écrasa les côtes. Le vieillard étonné demeura allongé dans le char obscur, en reniflant l'odeur oppressante des oignons.

Il ouvrit à tâtons la boucle de la ceinture et fit rouler le sac sur le côté. Au prix de quelques efforts, il parvint à s'asseoir à la place du tireur. Un orifice laissait entrer suffisamment de lumière pour que Rytkönen, une fois ses yeux accoutumés à la pénombre, puisse distinguer quelques détails : le périscope, l'appareil de visée, les pédales, toutes choses qui n'avaient pas de secrets pour le spécialiste qu'il était. Il essaya d'ouvrir la culasse du canon, mais le mécanisme était soudé, à moins qu'il n'ait été rouillé par les pluies qu'il avait subies pendant plusieurs décennies. En tout cas, il ne bougeait pas. La mitrailleuse avait été enlevée. Rytkönen se souvenait qu'il y en avait une dans ce type de véhicule, pour tenir à distance les fantassins ennemis.

Après avoir étudié l'intérieur du char, il s'intéressa de plus près au sac d'oignons. Il l'ouvrit et mordit dans quelques bulbes. Ses yeux se mirent à pleurer. À part ça, les oignons étaient bons. Quel intérêt pouvait-il y avoir à entreposer ce sac dans un char d'assaut ? Ne pouvait-on trouver de meilleure cave à Parola ? se demanda-t-il en s'essuyant les yeux. Puis sa main rencontra le goulot froid d'une bouteille. Peut-être du vinaigre, ou une huile de table avec laquelle les cuisiniers assaisonnaient les oignons ? Rytkönen palpa la bouteille, trouva le bouchon et l'ouvrit avec un craquement. Le liquide ne sentait pas le vinaigre, mais la vodka. Il en but une gorgée. Impossible de se tromper : c'était de la vraie Koskenkorva !

En bénissant le hasard, Taavetti Rytkönen avala une bonne lampée d'alcool et croqua largement dans un gros oignon. Après un bon rot, cela descendit plutôt bien.

« C'est du costaud, mais moi aussi ! » s'exclama-t-il fièrement. Dans les entrailles du char résonna son gros rire satisfait.

Taavetti Rytkönen se sentit bientôt un peu pompette et commença à avoir envie de chanter. Pour exercer ses forces, il entreprit de déplacer le sac à l'intérieur du char exigu. Les oignons se mirent à rouler ici et là dans les recoins obscurs. Taavetti poussait des cris et des rugissements. Il ouvrit à grand-peine la culasse rouillée et commença à jeter des oignons dans le tube du canon. Il pointa celui-ci droit devant. Les oignons dégringolaient à l'extérieur. Entre deux projectiles, il s'attaqua au périscope et l'arracha. L'ustensile se fraya un chemin à grand fracas jusque dans les profondeurs du char, accompagné par un ricanement sonore.

Les grands pins séculaires de Parola entendirent ce soir-là, au coucher du soleil, un étrange concert. Des entrailles de la lourde machine de guerre montait un vacarme incroyable : les éclats de rire, les chants et les cris du vieux guerrier. Tout le char résonnait et retentissait de bruits sourds, car Rytkönen martelait les parois et le plafond de la tourelle avec divers accessoires métalliques qu'il avait arrachés.

De temps en temps, des oignons éjectés par le tube roulaient sur le sol sablonneux, certains d'entre eux à moitié croqués. Il y en avait déjà plusieurs kilos amassés au-dessous du canon. À l'intérieur, l'agitation et le vacarme se poursuivaient. Le héros de guerre finlandais livrait sa dernière bataille, rendu fou par la vodka, les yeux remplis de larmes par les oignons. À un moment, l'alcool lui donna envie de vomir. Il perdit son dentier. Dans sa fureur, il le lança par le tube du canon, comme les obus meurtriers longtemps auparavant, là où les hommes étaient changés en viande de boucherie et les chars d'assaut en tas de ferraille.

Soudain, il se souvint de tout. Avec surprise, il se reconnut : sa vie lui était familière, il savait qui il était, où il habitait, quel genre de famille il avait, quelles étaient ses occupations favorites, ce qu'il attendait encore de la vie... tout était désormais clair et limpide, logique, naturel et sûr. Il savait également qu'il était atteint de démence ; évidemment, il aurait dû s'en douter plus tôt. Il contrôlait tout, il était maître de son existence. Il se demanda avec appréhension combien de temps durerait ce sentiment de limpidité et d'évidence. À l'idée qu'il allait le perdre, il fut pris d'un nouvel accès de fureur et se remit à faire du chahut : il frappa le périscope contre les parois du char jusqu'à le transformer en un tuyau informe, il vida d'un trait la bouteille de vodka et poussa encore quelques rugissements, avant de sombrer dans un sommeil d'ivrogne sur le siège du tireur. Essuyant instinctivement ses yeux larmoyants avec un coin du sac râpeux, il essaya de s'installer en position fœtale. Et de même qu'un fœtus, il eut bientôt tout oublié.

Pendant la nuit, le pauvre vieillard se réveilla dans l'obscurité. Il ne savait plus où il était, mais éprouvait une panique oppressante, comme pendant les combats les plus sanglants, quand il regardait la mort en face. Il aurait voulu sortir, s'en aller, se mettre en route, mais il était trop fatigué et désorienté pour comprendre ce qu'il devait faire. Le sommeil miséricordieux et l'oubli apaisèrent enfin sa frayeur. Une nouvelle bataille se terminait et le calme retomba sur le char d'assaut rouillé.

Un autre pauvre diable se trouvait également dans les parages. C'était un jeune célibataire du nom de Uolevi Hollikka. Originaire de Hattula, il était allé la veille à Hämeenlinna, sur son vélo à trois vitesses, dans le but d'acheter de nouveaux vêtements pour les fêtes estivales et de régler quelques affaires courantes concernant l'exploitation familiale. Uolevi était assez porté sur la boisson. Il n'avait pas acheté de costume ni réglé ses affaires. Au lieu de cela, il avait réussi à provoquer à Hämeenlinna une telle quantité de désordres qu'il s'était retrouvé pour la nuit à cuver sa vodka au poste de police.

À présent, il rentrait chez lui sur son vélo, en proie à de sombres pensées, sans un sou en poche, le visage couvert de bleus et avec une amende carabinée en guise de souvenir de la ville. Il arriva au musée des blindés de Parola au coucher du soleil, pendant que Taavetti Rytkönen faisait la sarabande dans les profondeurs du char.

Uolevi entendit un étrange vacarme qui semblait venir de la colline, entre les pins. Comme il était très impressionnable, il en éprouva une grande frayeur. Il mit pied à terre et essaya d'élucider l'origine de ces bruits. On ne voyait personne dans le musée. Les chars reposaient sur la pente, massifs et immobiles. Mais les bruits effrayants résonnaient de toutes parts. On aurait dit que des esprits malfaisants et invisibles se déchaînaient.

L'esprit ébranlé, le jeune homme, encore en proie à la gueule de bois, se remit en selle et pédala jusqu'au parking. Le vacarme infernal paraissait jaillir d'un engin à l'aspect sinistre. Tremblant de peur, Uolevi songea que les fantômes des héros de guerre morts dans leurs chars s'étaient réunis là pour faire la fête. Peut-être leurs âmes inquiètes cherchaient-elles encore, plusieurs décennies après leur mort, une compensation pour leurs terribles souffrances et leur fin brutale ? Le jeune homme joignit les mains et jeta un regard brouillé vers le ciel nocturne où luisaient encore les rougeurs du couchant. « Reposez en paix », prononça-t-il en guise de prière. Aussitôt, les revenants cessèrent leur vacarme. On n'entendit plus que quelques coups étouffés.

Les âmes agitées avaient trouvé le repos. Du char d'assaut où les fantômes faisaient la bringue commencèrent à monter de puissants ronflements.

Uolevi pensa que Dieu avait entendu sa prière et lui adressait un dernier signe pour son salut, un signe qui voulait dire : « Tu t'agiteras encore quelque temps, misérable vermisseau, puis tu trouveras le repos. » En promettant intérieurement de s'amender, Uolevi Hollikka remonta sur sa bicyclette et fonça en direction de Hattula.

6

À l'aéroport de Tampere-Pirkkala, Seppo Sorjonen faisait tinter les clés de la voiture en regardant descendre l'avion d'Helsinki. Le tube métallique qui pesait des milliers de kilos surgit des nuages, décrivit une boucle au-dessus de l'aéroport, puis réduisit peu à peu sa hauteur ; les roues crissèrent en touchant la piste et un dégagement de fumée indiqua un frottement intense. L'atterrissage de l'appareil excita l'imagination de Sorjonen. Si un oiseau pouvait atteindre une taille aussi démesurée, il ne parviendrait jamais à s'envoler. Et en supposant qu'il y arrive, il se brûlerait les griffes sur l'asphalte en atterrissant, il se râperait le bec en essayant de freiner l'élan de son corps. Il n'existait nulle part au monde d'arbre suffisamment grand pour qu'un oiseau de la taille d'un avion à réaction puisse se poser sur une de ses branches. Sorjonen essaya d'imaginer le chant nuptial d'un oiseau gros comme un avion, et cela lui fit froid dans le dos.

Dans l'appareil se trouvait son collègue Karttunen. Celui-ci, une fois en possession des clés et de l'argent, annonça qu'il repartait immédiatement pour Helsinki. Le patron lui avait ordonné de se grouiller, parce que le boulot attendait.

« Il m'a chargé aussi de te dire que ce n'est pas la peine de venir lui réclamer du travail, que tu es comme qui dirait un homme libre.

— Il me met à la porte ! s'exclama Sorjonen.

— Il s'est justifié en disant que sa compagnie de taxis était à Helsinki et pas à Hämeenlinna. Que tu arriverais bien à te débrouiller. »

Sorjonen retourna à Tampere par la navette de l'aéroport. Il loua une voiture cinq places — une Volvo rouge —, déjeuna et envoya une carte postale à sa petite amie. « Comment va ta hanche ? Je t'appellerai. Seppo. » Puis il se rendit à la bibliothèque pour tenter d'élucider le mal dont souffrait Rytkönen. La bibliothèque de Tampere était un magnifique bâtiment neuf d'aspect très original. Sorjonen essaya de se souvenir du nom de l'architecte, mais sans succès. Il se dit que, lorsqu'il serait vieux, il souffrirait certainement de troubles de la mémoire, vu le nombre de choses qui disparaissaient déjà de son esprit.

Dans la salle de lecture, il chercha des informations sur les maladies mentales liées au vieillissement. Il trouva dans un livre une définition selon laquelle la caractéristique principale de la démence était un affaiblissement des capacités psychiques, qui réduisait l'autonomie sociale et professionnelle et rendait le sujet dépendant d'une assistance extérieure. La démence s'accompagnait de déficiences de la mémoire mais aussi de nombreux autres troubles des fonctions cérébrales supérieures : détérioration de la pensée abstraite et du sens critique, aphasie, apraxie, agnosie.

Ces définitions n'éclairèrent pas beaucoup la lanterne du ci-devant chauffeur de taxi. Il eut toutefois le sentiment que les affaires de Taavetti Rytkönen n'allaient pas vraiment pour le mieux. Mais il n'avait pas le temps d'étudier plus en détail la symptomatologie. Il devait retourner à Parola pour s'occuper de son ancien combattant.

Lorsqu'il arriva enfin au musée des blindés, il découvrit avec mécontentement que l'heure de la fermeture était passée. Les portes de la halle couverte étaient fermées, de même que la cafétéria et l'enceinte de la partie en plein air. On ne voyait personne dans les environs, pas même Taavetti Rytkönen.

Seppo Sorjonen s'inquiéta. Où était passé le vieux papy amnésique? Lui était-il arrivé quelque chose d'imprévu? Comment faire pour le retrouver?

Il se sentait coupable. Il avait laissé Rytkönen dans l'enceinte du musée, en pensant qu'il le rejoindrait dans l'après-midi. Mais il était resté trop longtemps à Tampere. Il n'aurait pas dû aller à la bibliothèque pour consulter des ouvrages de référence, c'était tout à fait le genre d'activité à vous faire oublier l'heure.

Il ne resta pas inactif. Il jeta d'abord un coup d'œil dans le musée et vérifia qu'il était bien fermé. Le vieil amnésique était peut-être parti à l'aventure dans la pinède. Sorjonen verrouilla les portières de la voiture et commença à explorer les bois environnants. Il était facile de marcher dans cette pinède sablonneuse où s'ouvraient ici et là des champs cultivés. Sur un tel terrain, même un vieil homme pouvait parcourir des kilomètres en quelques heures, à plus forte raison lorsqu'il avait des jambes aussi longues que Rytkönen. Sorjonen appela son camarade, mais ne reçut pas de réponse. Il traversa la route et aperçut une femme d'âge moyen, un peu boulotte, qui arrivait à vélo de la direction de Hattula. Il lui demanda si elle n'avait pas vu sur la route un vieux monsieur, qui lui avait peut-être demandé comment faire pour rentrer chez lui. La cycliste lui jeta un regard effrayé et poursuivit son chemin en pédalant aussi vite qu'elle le pouvait. Cette réaction n'était guère étonnante, car elle venait d'avoir une journée difficile. Le matin, le grand-père avait eu une crise et avait avalé du poison. Heureusement, les secours étaient arrivés à temps et on l'avait conduit à l'hôpital psychiatrique. Il s'était débattu vigoureusement. L'après-midi, elle avait trouvé au courrier une facture de téléphone de huit mille marks : le vieux avait téléphoné tout au long du printemps en Australie, à un copain bûcheron qui s'était exilé là-bas en 1954. Plus tard, elle avait dû partir à vélo pour Parola, afin de voir sa sœur qui revenait de Suède et craignait d'avoir été contaminée par le virus du sida. Sur la route, elle avait croisé un fou à vélo qui lui avait fait peur en lui parlant des fantômes du musée des blindés. Et voilà que devant ce même musée, on l'interrogeait au sujet d'un homme au comportement étrange. Il y avait des limites à ce qu'une femme ordinaire était capable de supporter.

Sorjonen explora pendant plusieurs heures les environs de Parola. Apercevant sur le sol des empreintes de chenilles, il crut qu'il était arrivé dans une zone d'entraînement militaire. En lisière d'un champ, il découvrit l'entrée principale d'une caserne, gardée par deux chars lourds. Un peu plus loin se dressait un monument de pierre sur le flanc duquel étaient représentées trois flèches horizontales. Il pensa qu'elles symbolisaient la progression fulgurante des forces blindées sur le champ de bataille. Sur l'autre face était gravé un petit poème martial destiné à renforcer l'ardeur des soldats :

Nous avons reçu l'ordre
de défier la mort,
d'écraser l'ennemi
par la force des chars.

Libérés de la peur,
nous serons les vainqueurs!

Rien à voir avec une berceuse d'objecteur de conscience, songea-t-il en déchiffrant les vers.

Les environs étaient déserts. Il retourna au musée. Une chose était certaine : Rytkönen n'était pas dans la forêt. Sorjonen décida que, s'il ne l'avait pas trouvé avant le jour, il prendrait contact avec les militaires pour leur demander s'ils n'avaient pas vu un vieil homme vagabonder dans les parages. Puis il avertirait la police. Taavetti Rytkönen était sous sa responsabilité et il devait continuer à le chercher. Heureusement, c'était une chaude nuit d'été. Rytkönen pourrait se débrouiller par ses propres moyens pendant quelques heures, s'il ne pleuvait pas. Sorjonen s'inquiétait cependant à l'idée que son camarade errait dans une forêt inhospitalière, Dieu savait où, sans but, seul et désespéré.

Et s'il était tout de même resté à l'intérieur? se demanda-t-il. Il escalada le grillage et se mit à explorer méthodiquement le musée. Il appela, mais ne reçut pas de réponse. Il examina tous les chars, regarda au-dessous, tapa du pied sur les chenilles, rampa dans les profondeurs du train blindé, regarda par les orifices de tir. Taavetti Rytkönen demeurait introuvable. Dépité, il franchit à nouveau le grillage et alla sur le parking. Il monta dans sa voiture et décida de dormir quelques heures. Après avoir reculé le siège avant aussi loin que possible, il baissa le dossier et ferma les yeux. Son sommeil fut agité. Le sort de son camarade amnésique l'emplissait d'inquiétude.

Il fut réveillé par le froid du petit matin. Ses membres étaient douloureux, car il avait dormi dans une mauvaise position. Le soleil se levait et les cimes des pins commençaient à rougeoyer. Il considéra tristement les chars derrière le grillage. Ils étaient disposés à flanc de colline en rangs espacés, comme s'ils se tenaient là aux aguets pour écouter la nuit d'été, canons tendus, dans le silence le plus total.

Sorjonen baissa la vitre à demi et alluma une cigarette. Derrière le cabanon qui abritait la caisse du musée, on entendait un bruit de respiration. Qu'est-ce que cela pouvait bien être ? Peut-être un hérisson, songea-t-il, l'esprit encore engourdi. Il tendit le cou pour essayer de voir d'où provenait le bruit. Sous le canon d'un gros char d'assaut s'affairait une créature plus grosse qu'un hérisson, à l'aspect assez étrange. La partie de l'animal tournée vers lui ressemblait à un derrière de cochon. Il regarda plus attentivement. Comment un cochon aurait-il pu pénétrer sur le territoire du musée ? D'ailleurs, cet animal était sombre et poilu. Son arrière-train remuant et pourvu d'une queue était pointé tout droit vers Sorjonen.

En silence, celui-ci sortit de la voiture pour mieux voir. L'animal leva la tête et écouta. C'était un sanglier. Il avait des oignons dans la gueule et agitait ses oreilles d'un air inquiet. Il plissa les yeux, mais ne remarqua pas Sorjonen caché derrière la voiture. Il eut beau flairer le vent, l'odeur des oignons l'empêcha de détecter quoi que ce soit.

Rassuré, il se remit à l'ouvrage. Sorjonen le vit alors rassembler des oignons qui traînaient par terre et les enfourner dans sa gueule, à la façon d'un écureuil qui entasse des noisettes contre ses joues. Après avoir jeté quelques regards autour de lui, il s'en fut, à pas lents et prudents, en direction du train blindé. Là, il se mit à plat ventre, rampa d'un air habitué sous la clôture et disparut dans la forêt.

Sorjonen escalada à nouveau le grillage et alla jusqu'au char. Alentour, on distinguait les empreintes laissées par l'animal. Il y avait là plusieurs kilos d'oignons. Certains étaient à moitié mangés. Il en prit un dans sa main et observa les traces de dents, qui ne ressemblaient pas à celles d'un sanglier. L'arcade dentaire était celle d'un être humain, et même d'un humain à large mâchoire ! En plaçant sa bouche dans la découpe, Sorjonen parvint à la conclusion que l'oignon avait été croqué par un homme plus grand que la moyenne. Aussitôt, l'image de Rytkönen mastiquant son steak à Aulanko se présenta à son esprit.

Le sanglier revint chercher un nouveau chargement. Sorjonen entendit son souffle lorsqu'il se faufila sous le grillage. Il grimpa sur la tourelle du char et s'immobilisa. Confiant, l'animal s'approcha résolument, à petits pas chaloupés, et commença à emplir sa gueule d'oignons. Sorjonen compta qu'il engloutit au total neuf bulbes de belle taille. Il mangea les deux premiers sur place ; les autres étaient pour emporter. Quand son chargement fut prêt, il jeta un coup d'œil en direction des chars et repartit par son chemin habituel.

Lorsque le sanglier eut disparu, Seppo Sorjonen ouvrit la trappe de la tourelle. Par l'ouverture s'échappa une odeur nauséabonde. Il descendit à l'intérieur et découvrit Taavetti Rytkönen en train de dormir. Le pauvre vieux sentait l'alcool et l'oignon et était dans un état indescriptible. Il se cramponna à son sauveteur comme un petit enfant et resta accroché à son cou. Sorjonen parvint à grand-peine à l'extraire des profondeurs du véhicule.

Les deux hommes s'assirent sur le blindage du char. Sorjonen alluma une cigarette et en proposa une à Rytkönen. Celui-ci secoua la tête. Son costume était ouvert, déchiré par endroits et couvert de taches. Ses traits étaient bouffis par toutes les larmes qu'il avait versées. Sa bouche, privée de son dentier, était flasque. Son bras était couvert d'égratignures sanguinolentes.

« T'es qui, toi ? demanda Taavetti Rytkönen d'une voix de rogomme. Oùsqu'on est ? »

Seppo Sorjonen lui expliqua qu'il était le chauffeur de taxi qui l'avait conduit de Tapiola à Hämeenlinna, puis jusqu'ici.

Peu à peu, Rytkönen retrouva la mémoire. Il se plaignit d'avoir mal à la tête. Il ne se souvenait pas de la raison pour laquelle il s'était introduit dans ce char d'assaut. Seppo Sorjonen n'était pas non plus en mesure de le lui expliquer : il avait amené le taxi à l'aéroport de Pirkkala, d'où il était revenu seulement dans la soirée.

Il aida le vieil homme à descendre et le conduisit près du grillage, puis il le prit sur ses épaules et lui dit d'escalader la clôture. Taavetti Rytkönen était terriblement lourd. Sorjonen estima qu'il pesait au moins quatre-vingt-dix kilos.

« On ne pourrait pas passer par la porte ? » suggéra Rytkönen. Seppo Sorjonen lui expliqua qu'elle était fermée à clé, que le musée ne restait pas ouvert pendant la nuit. Rytkönen dit qu'il aurait préféré ouvrir un passage dans la clôture plutôt que de l'escalader, car il n'était plus tout jeune. Mais Sorjonen le poussa par le derrière, il réussit à passer par-dessus la clôture et tomba lourdement de l'autre côté avec un bruit sourd.

Lorsqu'ils furent installés dans la voiture, Sorjonen demanda au vieil homme où était passé son dentier.

« J'en sais fichtre rien. Faudra peut-être en faire faire un nouveau. »

Sorjonen lui demanda de vérifier s'il avait toujours son argent sur lui. Rytkönen plongea la main dans sa poche intérieure et en sortit sa liasse de billets. Tout était bien là.

« Tu ne crois quand même pas que je perdrais mon argent ! Un dentier, on peut toujours s'en procurer un nouveau. Mais l'argent, ce n'est pas si facile.

— Où est-ce qu'on va ?

— Où tu veux ! »

Sorjonen mit le contact et annonça qu'ils iraient d'abord à Tampere pour résoudre les problèmes. Il valait mieux partir avant l'ouverture du musée. Ainsi, ils n'auraient pas besoin de fournir des explications sur des événements que ni l'un ni l'autre n'était en mesure d'élucider.

Après leur départ, le sanglier revint encore à deux reprises. Ensuite, le musée ouvrit ses portes et des visiteurs commencèrent à circuler à l'intérieur de l'enceinte. L'animal jugea préférable de renoncer à un nouveau voyage. Il porta son dernier chargement jusqu'à la base provisoire qu'il avait établie à trois kilomètres de là, à proximité d'une grande fourmilière, et où il avait enterré son butin de la nuit. Il était content de son dur labeur nocturne. Il disposait maintenant de tout un tas d'oignons délicieux, et même d'un dentier, qu'il plaça dans sa gueule avec curiosité. C'était un jouet amusant : il dégageait une odeur agréable et sa couleur rouge clair était absolument fascinante.

7

Ils arrivèrent à Tampere au petit matin. Rytkönen essaya de se souvenir des hôtels de la ville. Le Tammer lui paraissait familier et c'est là qu'ils descendirent. Seppo Sorjonen essaya d'arranger un peu la tenue de son compagnon avant qu'ils ne se présentent à la réception. Mais cela ne servit pas à grand-chose. Taavetti Rytkönen avait l'air aussi dépenaillé que s'il sortait d'un combat de chars, ce qui était d'ailleurs bien le cas.

Le portier de nuit de l'hôtel commença par sursauter en le voyant, puis il le reconnut et un sourire radieux illumina son visage.

« Monsieur le Conseiller-géomètre Rytkönen ! Soyez le bienvenu ! »

Il leur expliqua qu'à cette époque de l'année l'hôtel était généralement complet, mais pour M. le Conseiller et son accompagnateur, on trouverait de la place, naturellement. Il ajouta d'un air complice :

« On dirait que vous avez fait des travaux de terrain ces derniers temps ? »

Taavetti Rytkönen ne répondit pas à la plaisanterie. Il s'empara de la clé et se dirigea tout droit vers l'ascenseur. Leurs chambres se trouvaient au deuxième étage. Les fenêtres donnaient sur le centre-ville, et plus précisément sur le parc qui bordait le Tammerkoski.

Rytkönen prit une canette de bière dans le frigo et la vida d'un trait. Puis il ôta ses vêtements sales, fit sa toilette et se coucha. Après avoir promis de le réveiller pour le petit déjeuner, Sorjonen se retira dans sa chambre et s'allongea sur son lit. Il se demanda si Taavetti Rytkönen était vraiment conseiller-géomètre ou si le portier avait simplement voulu plaisanter.

Le lendemain, Rytkönen n'osa pas aller prendre son petit déjeuner au restaurant. Il expliqua que, sans son dentier, il n'était même pas capable de manger une brioche et demanda qu'on lui monte dans sa chambre un café et de la bouillie d'avoine. Sorjonen mangea au rez-de-chaussée et revint ensuite chercher son camarade. Ils partirent lui acheter des vêtements neufs pour remplacer ceux qu'il avait abîmés dans le char d'assaut.

Dans un magasin de prêt-à-porter, Rytkönen choisit un costume en laine gris. Il acheta par la même occasion un costume de rechange, sur le conseil de Sorjonen, qui avait compris que les vêtements de son compagnon ne duraient jamais très longtemps. Il prit également quelques chemises et des sous-vêtements. Il garda sur lui le costume neuf, rapporta l'ancien de la cabine d'essayage et le tendit au vendeur en disant : « Mettez ces guenilles à la poubelle. »

Lorsqu'ils lui eurent trouvé également de nouvelles chaussures, Sorjonen ramena à l'hôtel son ami vêtu de neuf et lui recommanda de ne pas sortir tout seul. Il lui demanda un peu d'argent pour faire quelques courses.

Il acheta un sac de voyage pour Rytkönen et un simple sac de toile pour lui, ainsi que des rasoirs, du shampooing, des serviettes de toilette, des brosses à dents, du déodorant, des chaussettes, des mouchoirs en papier, deux peignes, un tire-bouchon et un ouvre-bouteilles — toutes sortes de menues babioles dont on a besoin quand on voyage. Il chercha ensuite dans l'annuaire le numéro d'un prothésiste dentaire et prit un rendez-vous. Le prothésiste consentit à recevoir son client le jour même lorsque Sorjonen lui eut expliqué qu'il s'agissait d'un cas urgent : un conseiller-géomètre âgé qui avait perdu son dentier et ne pouvait plus manger que de la bouillie.

Dans l'après-midi, le technicien enfonça dans la bouche de Rytkönen une masse de pâte à moulage et lui dit de serrer les mâchoires. Rytkönen resta assis dans le fauteuil, le visage maussade et les mâchoires immobiles.

Pour distraire son client en attendant que la pâte durcisse, le prothésiste commença à lui parler de ses problèmes personnels. Il avait acheté à sa femme, pour la fête des mères, une machine à faire le pain. C'était un cadeau utile, mais sa femme avait emporté l'engin dans leur maison de campagne. Il s'était d'abord dit que ce n'était pas bien grave, qu'ils pourraient au moins manger du pain frais le week-end.

« Le problème, c'est que, comme on n'a pas l'électricité à la campagne, ce fichu appareil nous a rendu la vie infernale. Il a besoin de beaucoup de puissance. D'abord, j'ai installé là-bas un générateur, sous le balcon du sauna. Mais ma femme ne s'habituait pas au bruit : quand on faisait du pain, il y avait un boucan terrible et une odeur de gaz d'échappement ! Alors j'ai commencé à alimenter cette satanée machine avec une batterie. J'ai un système de quatre batteries : deux à la campagne et deux en ville en train de charger. Comme ça, on peut faire du pain, pas de problème, mais c'est un sacré boulot ! Il faut trimbaler deux batteries à chaque trajet entre la ville et la campagne. Je préférerais apporter un plein sac de pains chaque semaine, mais maintenant qu'on a cette machine... Et puis ma femme aime tellement faire son pain elle-même ! »

Rytkönen hochait la tête. La pâte dans sa bouche l'empêchait d'exprimer un avis plus détaillé sur les désagréments causés par la machine à pain.

Le prothésiste lui présenta un nuancier pour qu'il choisisse la couleur de ses nouvelles dents. Il opta pour un blanc éclatant. Il estimait que, dans un vieux corps décrépit, il devait y avoir au moins quelque chose de neuf et d'étincelant.

Le prothésiste promit un premier essai du dentier pour la semaine suivante. Après quoi il lui faudrait encore deux ou trois jours pour le polir

Rytkönen voulait son dentier le plus vite possible, de préférence dès le lendemain. Le prothésiste expliqua que, pour cela, il lui faudrait faire des heures supplémentaires et que cela ne l'intéressait pas tellement. Il devait justement aller à sa maison de campagne pour changer les batteries de la machine à pain. Rytkönen promit de lui payer le double du prix s'il avait son dentier rapidement, et cela emporta la décision. C'est ainsi que les choses se passent en général dans le monde : l'argent des riches est plus efficace que celui des pauvres, qui permet rarement de résoudre quoi que ce soit. Quand un pauvre essaye de régler quelque chose avec de l'argent, il le perd. C'est d'ailleurs pour cela qu'il est pauvre.

Taavetti Rytkönen resta allongé pendant deux jours à l'hôtel Tammer, se nourrissant exclusivement de bouillie d'avoine. Sorjonen lui acheta à la pharmacie des comprimés de sels minéraux. Tout cela ne composait pas un ensemble hautement gastronomique.

« Je ne me souviens pas d'avoir jamais mangé des aliments aussi insipides », ronchonnait Rytkönen. Sorjonen lui fit remarquer que, de toute façon, il ne se souvenait pas non plus d'autre chose.

Lorsque le dentier fut prêt et placé dans la bouche de Rytkönen, celui-ci annonça à son compagnon qu'ils allaient s'offrir un bon dîner. Ils réservèrent la meilleure table du restaurant. Rytkönen feuilleta le menu d'un air affamé. Il choisit en entrée une galantine de saumon, puis, comme plat principal, un steak saignant, et comme dessert un sorbet aux pommes à la Tammer. Pour arroser le tout, il commanda du schnaps et du vin rouge. Sorjonen quant à lui préféra du vin blanc. La serveuse nota la commande et demanda comment le bifteck devait être accommodé.

« Monsieur le Conseiller désire-t-il un steak à la française, comme les aimait l'expédition géodésique ? Ou préférerait-il aujourd'hui déguster un filet à la mode du général Lagus, grillé de façon à former à sa surface des empreintes de chenilles ? »

Rytkönen se tourna vers la serveuse et la dévisagea. C'était une belle femme d'une cinquantaine d'années. Il fouilla dans sa mémoire en se demandant s'il la connaissait. Mais il eut beau se masser les tempes, il ne trouva pas la réponse. La serveuse le tira d'affaire en lui demandant s'il ne se souvenait pas d'elle. Rytkönen était un bon client de l'hôtel et le personnel de cuisine était toujours disposé à lui préparer des plats spéciaux conformément à ses désirs.

« Eh bien... ça ne me revient pas tout de suite... mais votre visage me dit quelque chose, en effet.

Ma mémoire commence à me jouer des tours. C'est un peu idiot. »

La serveuse lui rappela que son dernier séjour chez Tammer remontait à environ deux ans. Toute la maison s'en souvenait encore.

« Ai-je fait quelque chose d'inconvenant? Me suis-je comporté comme un goujat?

— Mais non, au contraire, nous nous sommes tous bien amusés cette semaine-là. Et souvent aussi les fois précédentes. Ah, quelle époque c'était! »

Rytkönen demanda qu'on lui prépare son steak selon les habitudes gustatives de l'expédition géodésique française. Après le départ de la serveuse, il expliqua à Sorjonen qu'au XVIIIe siècle, des scientifiques français s'étaient rendus en Laponie finlandaise pour mesurer la courbure de la Terre, ou, plus exactement, son aplatissement supposé. Des calculs théoriques avaient en effet montré que notre planète était légèrement aplatie au niveau des pôles. Afin de vérifier cette affirmation, des expéditions avaient été envoyées en Laponie et en Amérique du Sud pour effectuer des mesures. Dans la vallée de la rivière Tornio, les Français avaient évidemment mangé du bifteck. C'était cela qui lui avait donné l'idée d'exprimer ses préférences en utilisant le nom de cette expédition, car lui aussi travaillait dans ce domaine-là.

Le service fut exemplaire, la nourriture absolument délicieuse et les vins extraordinaires. Sorjonen ne se lassait pas d'admirer la salle du restaurant, vaste et haute de plafond. Elle devait être de style Art nouveau tardif, ou quelque chose d'approchant, peut-être des années 30.

Rytkönen raconta que, lorsqu'il était plus jeune, il avait souvent séjourné dans cet hôtel et mangé dans cette même salle, dans les années 50, et même, en y réfléchissant bien, un peu plus tard. Mais il ne se souvenait pas d'y être venu deux ans auparavant.

« Enfin, peu importe ! Buvons un coup, Sorjola ! C'est quoi ton prénom déjà ?

— Je m'appelle Sorjonen, Seppo Sorjonen, vous le savez bien.

— Ah oui, je me souviens de toi. Jeune homme, vieux camarade, à la tienne ! »

Lorsque Taavetti Rytkönen s'absenta pour aller aux toilettes, Sorjonen en profita pour demander à la serveuse quel genre de séjours M. le Conseiller-géomètre avait effectué dans la maison pendant toutes ces années.

« C'est un homme extraordinaire. Si large d'esprit, si masculin ! »

La serveuse expliqua que Rytkönen avait coutume de participer aux rencontres annuelles des ingénieurs-géomètres, qui avaient lieu chez Tammer. Il animait autrefois ces réunions. C'étaient des fêtes grandioses. Tous les ingénieurs-géomètres de Finlande se rassemblaient à Tampere avec leurs épouses. Ils s'étaient toujours plu chez Tammer, surtout Rytkönen, qui était un homme de bonne compagnie, même s'il était parfois un peu bruyant et entêté.

« Et les arbres de Noël du club des blindés ! Des fêtes comme celles-là, on n'en fait plus aujourd'hui. Ils téléphonaient au commissariat de police avant le début des réjouissances, pour les avertir. La police de Tampere les aimait bien et n'intervenait pas. »

La serveuse se souvenait d'une soirée des anciens combattants de l'arme blindée. Rytkönen s'était présenté à l'apéritif comme sergent ; en passant à table, il était lieutenant ; au café, il était major ; et lorsque le signal lumineux avait annoncé la fermeture, il avait gravi les échelons de la carrière militaire jusqu'au grade de « colonel général ». Le lendemain, au petit déjeuner, il était redevenu simple sergent.

Au cours de la soirée, un homme élégamment vêtu, d'une quarantaine d'années, se présenta à leur table. Il dit s'appeler Taavi Niemelä et s'adressa en ces termes à Rytkönen :

« Alors, papa ? Ça boume ? Tu fais une petite visite à Tampere ? »

Taavetti Rytkönen resta interdit. Qu'est-ce que c'était que cette histoire ? Pourquoi cet inconnu l'appelait-il papa ?

Le nouveau venu lui expliqua très calmement qu'il était son fils illégitime. L'avait-il donc oublié ?

Il était né en 1950 à Nokia. Sa mère s'appelait Leena. Il avait eu lui aussi un enfant hors mariage. Une petite fille, qui avait maintenant trois ans.

« Arrête tes bobards, mon gars. Je connais mes enfants », protesta Rytkönen. Il avait l'air désemparé et un peu gêné. Sorjonen vit qu'il faisait des efforts pour se souvenir : il regardait fixement l'homme assis en face de lui en essayant de le reconnaître. Ce visage lui semblait vaguement familier, mais il n'en était pas sûr.

Sorjonen essaya de détendre l'atmosphère en expliquant à Niemelä qu'il était chauffeur de taxi au chômage et voyageait pour le moment avec Rytkönen, qu'ils étaient allés à Hämeenlinna et avaient passé une nuit à Parola...

Niemelä répondit qu'il connaissait bien le goût de son père pour Parola. Il avait été un soldat héroïque, sergent des forces blindées et géomètre. Il ne voulait surtout pas les déranger, mais comme ils se trouvaient par hasard dans le même restaurant, il avait tenu à venir le saluer. Niemelä précisa qu'ils entretenaient en principe d'excellentes relations.

Taavetti Rytkönen avait du mal à croire à ce fils dont il n'avait aucun souvenir. Incontestablement, Niemelä lui ressemblait, pour autant que Rytkönen se souvenait de sa propre apparence.

« Qu'est-ce qui me prouve que ce n'est pas un bobard ? Aujourd'hui, tout le monde cherche à rouler les vieux », se plaignit-il.

Le fils sortit de son portefeuille une vieille photographie sur laquelle on voyait deux hommes, un jeune et un plus âgé, debout devant une brasserie allemande. L'un était Taavetti Rytkönen, beaucoup plus jeune alors, l'autre Taavi Niemelä, lui aussi plus jeune évidemment. Il leur expliqua que la photo avait été prise en 1975 à Stuttgart, pendant un voyage qu'ils avaient fait ensemble lorsqu'il avait obtenu son diplôme de géomètre et que son père voulait lui montrer un peu le vaste monde. Rytkönen tenait le cliché entre ses doigts tremblants en regardant tour à tour la photo et Niemelä. Il fallait se rendre à l'évidence : il avait bien un fils à Tampere.

Celui-ci ajouta que ce voyage en Allemagne avait été très enrichissant. Il se souvenait de leur visite aux usines d'optique de Krefeld. Son père lui avait présenté de vieux amis avec qui il entretenait des relations d'affaires dans les années 50. Taavetti Rytkönen avait acheté des instruments de précision pour le compte de la direction de l'arpentage. Pour obtenir de meilleures conditions, il avait eu recours sans scrupule aux pots-de-vin, fourrant dans son sac de voyage quelques jambons fumés qui avaient mis de l'huile dans les rouages. Les industriels allemands, qui subissaient encore la pénurie du temps de guerre, avaient signé les accords en salivant. Rytkönen avait ainsi pu faire livrer en Finlande le nombre voulu de théodolites et autres instruments de précision nécessaires aux géomètres. En raison du manque de liquidités, il avait également fait venir de Finlande quelques saunas, pour l'usage personnel des industriels allemands.

« À Krefeld, ils se souvenaient bien de mon père. On nous a accueillis comme de grands importateurs, on nous a présenté les nouvelles usines et on nous a offert des repas somptueux. »

Le père et le fils se souvinrent d'être allés plusieurs fois au sauna avec leurs hôtes allemands et de les avoir flagellés avec des branches de bouleau.

« Ça, c'est la photo de ma mère. Et voilà ma fille. Elle a eu trois ans en mai. Tu es son grand-père, ce n'est pas formidable ? »

Taavetti Rytkönen examina attentivement la fille de son fils et surtout sa mère. Au bout d'un moment, il s'exclama joyeusement :

« Ah oui ! Leena ! Je me souviens maintenant ! »

Ses yeux s'embuèrent de larmes. Il contempla longuement la photo en souriant, le visage illuminé par de tendres souvenirs.

8

Taavi Niemelä s'excusa et expliqua qu'il devait se rendre aux toilettes. Seppo Sorjonen sentit lui aussi un besoin pressant et l'accompagna. Pendant qu'ils vaquaient à leur affaire, il ne put s'empêcher de lui demander si Taavetti Rytkönen était vraiment conseiller-géomètre. Le titre avait l'air si exceptionnel...

« C'est bien possible... mon père est un homme aisé, il n'a sans doute eu aucun mal à payer les droits de timbre pour faire enregistrer le titre. Il a toujours été là quand il y avait des terrains rentables à vendre. Il les achetait et les revendait au bout de quelques années. »

Niemelä expliqua que les géomètres étaient capables de reconnaître très précisément les terrains qui allaient prendre de la valeur. Il était possible alors de spéculer, et son père était doué pour ça. Il n'avait rien commis de véritablement illégal. En Finlande, les fonctionnaires ont le droit d'acheter et de vendre tous les terrains qu'ils veulent, s'ils en ont les moyens.

Lorsqu'ils retournèrent à la table, ils constatèrent que Rytkönen était parti. Seppo Sorjonen se demanda avec inquiétude où le vieil homme avait encore bien pu s'enfuir. Niemelä ne parut pas particulièrement affligé. Son père avait coutume de faire de temps à autre de petites escapades. Tôt ou tard, il finissait toujours par revenir.

Seppo Sorjonen demanda à Niemelä si son père était atteint de démence ou de gâtisme. Il s'excusa de poser une question aussi abrupte, mais il voulait en savoir un peu plus, car il voyageait en compagnie de Rytkönen et celui-ci n'était pas très au fait de ses propres affaires.

Niemelä répondit que son père avait été gravement blessé pendant les combats sur l'isthme de Carélie, d'un éclat de grenade dans la tête. On l'avait opéré à l'hôpital militaire, mais il en était resté un peu diminué. Il avait toujours eu mauvaise mémoire. Plus jeune, il se souvenait déjà de façon sélective : il avait tendance à oublier les choses désagréables, mais quand on insistait un peu sa mémoire se faisait plus précise. Aujourd'hui, ils ne se voyaient plus aussi souvent et il aurait eu du mal à dire si son père souffrait de démence. Peut-être... Il aurait fallu demander cela à sa gouvernante.

« Il n'est donc pas marié ? »

Niemelä expliqua qu'il l'avait été, mais que sa

femme était morte il y avait de cela une bonne dizaine d'années. Depuis, son ménage était toujours tenu par quelque vieille dame. Il écrivit sur un bout de papier l'adresse et le numéro de téléphone de son père et le donna à Sorjonen.

« Téléphonez à ce numéro et demandez à la gouvernante de le ramener chez lui », lui conseilla-t-il.

Seppo Sorjonen suggéra que Niemelä pourrait se charger de son père. Était-ce trop lui demander que de l'accueillir chez lui à Tampere, au moins provisoirement ? En fin de compte, Sorjonen n'était qu'un pauvre chauffeur de taxi au chômage et n'avait rien à voir avec toute cette histoire.

« Vous voulez rire ! Qu'est-ce que je ferais de ce vieux bonhomme ? J'ai déjà assez de soucis avec mes propres affaires, et d'ailleurs nous n'avons pas de chambre pour lui.

— Mais enfin, c'est tout de même votre père ! » insista Sorjonen.

Taavi Niemelä resta inflexible. Pour sûr, ce n'étaient pas les pères qui manquaient dans ce monde. Il y en avait suffisamment pour que chacun puisse avoir le sien, et même plusieurs. Mais il devait maintenant retourner auprès de ses amis, il s'était déjà absenté trop longtemps.

« Saluez-le de ma part. Souhaitez-lui une bonne continuation. Et vous pouvez lui dire que j'ai des frères et des sœurs qui ont le même père, mais presque tous une mère différente. Rappelez-lui qu'il a engendré plusieurs descendants au cours de sa vie. »

Le fils de Taavetti Rytkönen retourna à sa table, à l'autre bout de la salle. Il avait de la compagnie : deux femmes et un homme. Ils poursuivirent leur soirée dans une ambiance particulièrement joyeuse, à en juger d'après leurs mines réjouies et l'alcool qu'ils buvaient en levant bien haut leurs verres. Niemelä ne jeta plus le moindre regard vers son père.

Sorjonen partit à la recherche de son camarade. Il fouilla le rez-de-chaussée de l'hôtel, traversa les salons privés, inspecta une salle plus petite, le hall d'entrée, demanda au portier. Il découvrit enfin Taavetti Rytkönen dans la cuisine, en train de bavarder avec le personnel : il était assis sur une table en métal, devant une armoire frigorifique, un verre de cognac à la main. C'était sur ce type de table que les cuisiniers plumaient le gibier.

Il était en train de raconter une histoire de guerre aux cuisiniers et aux serveuses. Il devait s'agir de l'année 1945 et des combats en Laponie. Il expliquait comment les Allemands avaient essayé de faire franchir le Kemijoki à la nage à un troupeau de rennes, dans la région de Rovaniemi, quelque temps après avoir réduit la ville en cendres. Les rennes ne voulaient pas entrer dans l'eau...

Sorjonen interrompit l'histoire en pleine action

et ramena Rytkönen dans la salle. Il lui fit payer l'addition.

Taavetti Rytkönen, très éméché, regarda son image titubante dans le miroir de l'ascenseur et demanda : « Est-ce que je suis un ivrogne ? »

Seppo Sorjonen examina le reflet du vieil homme. D'après lui, tout ce que l'on pouvait en déduire, c'était qu'en ce moment précis Rytkönen était rond comme une queue de pelle. Sorjonen lui fit également observer qu'il avait déjà posé cette question la dernière fois qu'il avait bu, à Aulanko.

« Alors c'est que j'en suis un. »

Sorjonen opina.

Dans la chambre, il lui annonça que son fils lui avait donné son adresse et son numéro de téléphone. Il était sur liste rouge, c'est pour cela qu'ils ne l'avaient pas trouvé dans l'annuaire. Il était temps d'appeler chez lui. Sa gouvernante répondrait peut-être. C'était ce qu'avait dit son fils.

« Ma gouvernante ? Est-ce que j'ai ça aussi ? Voilà qui est plutôt plaisant. »

Sorjonen composa le numéro et passa le combiné à Rytkönen, qui entendit le message suivant : « Vous êtes bien chez le conseiller-géomètre Taavetti Rytkönen. Je suis parti me promener et resterai absent pour un moment. Vous pouvez laisser un message après le bip. Au revoir. »

Une expression réjouie illumina son visage.

« Bon sang, j'ai une voix tellement décidée ! Il

faut que t'entende ça, Sorjonen ! On va rappeler. »

Sorjonen déclara qu'il n'avait pas besoin d'appeler le répondeur automatique ; il avait la chance de pouvoir entendre sa voix directement.

Il aida le vieil homme à se déshabiller et le mit au lit. Sous les couvertures, Rytkönen murmura : « En un sens, c'est réconfortant de savoir qu'on n'est pas à la rue. Et qu'on habite à Espoo, dans le quartier de Haukilahti, et pas à Seinäjoki ou à Yli-Kiiminki par exemple. »

Dès que Sorjonen eut refermé la porte derrière lui, Taavetti Rytkönen se leva d'un bond et enfila son nouveau costume. Il peigna ses cheveux, siffla une canette de bière et descendit par l'ascenseur.

Il sauta dans un taxi et dit au chauffeur qu'il voulait aller à Nokia. Dans le bar de nuit d'une station-service, il consulta l'annuaire du téléphone et nota l'adresse de Leena Niemelä. À une heure pareille, il était difficile de trouver des fleurs. Faute de mieux, celles qui trempaient dans un vase sur le comptoir du bar feraient l'affaire. Le taxi l'attendit pendant tout le temps qu'il passa en la galante compagnie de son ancienne maîtresse.

Le sourire aux lèvres, le vieux soldat retourna au petit matin à l'hôtel Tammer, avec dans les mains un antique moulin à café que Leena Niemelä lui avait offert en souvenir de leurs cafés d'autrefois. Il posa délicatement l'ustensile sur le frigo, puis il se coucha et s'endormit comme un bienheureux.

9

Dans la seconde moitié de la nuit, Seppo Sorjonen fut réveillé par un bruit désagréable qui provenait de l'amont de la rivière, dans le parc qui jouxtait l'hôtel. Excédé, il sortit péniblement de son lit et entrouvrit le rideau. Sous le couvert des arbres se déroulait une partie de football endiablée à laquelle participaient cinq ou six jeunes gens. Ils galopaient après le ballon en poussant des cris d'animaux. Contre les troncs étaient appuyées quelques bicyclettes chargées de canettes de bière. Les joueurs allaient en chercher des pleines pour remplacer celles qu'ils avaient vidées ou cassées. Écœuré, Sorjonen ferma la fenêtre et se recoucha en espérant que ces ivrognes ne tarderaient pas à se lasser, quitteraient le parc et cesseraient de troubler le sommeil des honnêtes gens.

Mais ses espoirs n'étaient pas fondés. Le vacarme dans le parc ne cessait d'augmenter. De temps en temps, la bande poussait des hourras et beuglait comme dans un stade. Impossible de dormir. Sorjonen se dit avec amertume qu'il devrait appeler la police pour qu'elle mette un terme à ce tapage insensé.

Taavetti Rytkönen, lui aussi, fut réveillé par le bruit. Au début, il ne comprit pas de quoi il s'agissait. Il s'assit, furieux, sur le bord de son lit. Dans la pénombre de cette nuit d'été, il distingua dans le coin de la chambre, sur le réfrigérateur, la silhouette du moulin à café. Était-ce un objet décoratif ? Pourquoi l'hôtel mettait-il ce genre de chose dans les chambres ? Il donna quelques tours de manivelle. Il n'y avait pas de café à l'intérieur. Le frigo, en revanche, était plein de petites bouteilles qui contenaient de la liqueur, du vin, de la vodka. Pour se rafraîchir la mémoire, il en vida une. Maintenant, il se souvenait : il était chez Tammer, et de l'autre côté de la cloison dormait son copain Sorjonen.

Il ouvrit la fenêtre et cria dans la nuit : « Silence ! Laissez les gens dormir ! »

Son injonction ne produisit aucun effet. La partie frénétique se poursuivit. Il alla alors trouver Sorjonen et lui demanda d'appeler la police : un homme de son âge ne pouvait pas se passer de sommeil. Sorjonen téléphona. On l'informa qu'une voiture patrouillait justement dans le secteur et qu'elle allait s'occuper de la chose. Rytkönen retourna dans sa chambre, s'enfouit sous ses couvertures et enfonça dans ses oreilles les coins de son oreiller. Mais cela ne lui fut d'aucune utilité. Ses nerfs fatigués lâchèrent. En proie à une vive colère, il se leva, cacha son argent sous l'oreiller, s'habilla en hâte et descendit par l'ascenseur. Dehors, il s'arrêta sur les marches pour reprendre son souffle et sentit dans ses poumons l'air humide et frais de la nuit. Il fit le tour du pâté de maisons. Cela faisait du bien de bouger un peu. Il se retrouva devant l'escalier de pierre de l'hôtel Tammer. On entendait toujours, un peu plus loin, les cris fatigués des footballeurs. Que se passait-il donc là-bas ? Il se remit à marcher dans la rue, en direction du parc.

Soudain, un ballon couvert de boue jaillit du parc et roula vers lui à toute allure. Instinctivement, il courut à sa rencontre, lui donna un bon coup de pied et le renvoya dans la direction opposée. L'homme est ainsi fait qu'il ne peut s'empêcher de taper dans un ballon qui approche. C'est dans le sang. Et quand un ballon s'éloigne, il se met à lui courir après. Rytkönen arriva au beau milieu de la partie de football et se joignit aussitôt aux garçons éméchés. Quand l'un d'eux envoya la balle au loin, Rytkönen la rattrapa et commença à avancer. Il était essoufflé, mais ne renonça pas. Il s'imaginait que les buts étaient dans la direction de l'hôtel et essaya d'emporter le ballon par là-bas. Les garçons avaient fait la bringue toute la nuit et n'étaient plus très en forme. Rytkönen se mit à crier. Son sang se réchauffait. Quelqu'un lui apporta de la bière et lui donna une tape dans le dos. Il suggéra de déplacer quelques bancs publics pour marquer les buts, puis il donna un bon coup de pied et fit passer le ballon entre les deux bancs. De puissants hourras retentirent dans le parc et résonnèrent dans toute la ville.

La partie, qui commençait à battre de l'aile, trouva un nouvel élan. Rytkönen fut nommé capitaine de son équipe. Il avait trois coéquipiers, tandis que l'équipe adverse était composée de cinq personnes. On lui adjoignit une fille pour faire office de gardien de but. Le vieillard courait comme un beau diable après le ballon, la bouche pleine d'écume, et marquait des buts en grand nombre. Cette partie de football nocturne, sur la pelouse souple du parc, à l'ombre des arbres touffus, lui procurait un immense plaisir, et il criait à en perdre la voix. Les joueurs ne faisaient pas la moindre pause, sauf pendant les pénalités, qu'ils mettaient à profit pour boire de la bière.

Au milieu du tumulte, le ballon fut à nouveau projeté dans la rue. Rytkönen se précipita à sa poursuite et lui donna un coup de pied qui accrut sa vitesse : il décrivit un arc au-dessus de la rue et finit sa course dans le bassin qui se trouvait à côté de l'hôtel Tammer. Les autres accoururent en haletant et se mirent à jouer au water-polo : les garçons se déshabillèrent et entrèrent l'eau, Rytkönen à leur tête. Ils conservèrent les mêmes équipes. Ils décidèrent qu'un but serait sur le bord du bassin le plus proche de l'hôtel et le second du côté opposé. Le ballon se mit à voltiger dans de grands éclaboussements. Lorsqu'il était projeté sur la berge, les filles pleines de zèle le relançaient dans le bassin. Le vacarme était effroyable. C'est alors que la voiture de police arriva sur les lieux. Deux agents en descendirent, qui ordonnèrent aux joyeux lurons de sortir de l'eau et de se rhabiller. Les filles prirent la poudre d'escampette, de même que deux ou trois garçons de l'équipe adverse. Rytkönen, lui, ne voulait pas s'arrêter. Il prit violemment à partie les policiers en leur reprochant leur étroitesse d'esprit. Dans un jardin public, tout le monde avait le droit de faire du sport.

Les policiers répondirent que plusieurs personnes s'étaient plaintes du bruit au cours de la nuit et qu'il était temps de se calmer.

Deux garçons parmi les plus imbibés adoptèrent un comportement arrogant. Cela ne plut pas aux représentants de l'ordre, qui les firent monter dans la voiture.

« Hé vous, le vieux, là-bas, venez ici tout de suite ! » ordonnèrent-ils à Rytkönen.

C'en était trop pour M. le Conseiller-géomètre. Il serra le ballon sous son bras et, bien loin de sortir de l'eau, resta debout d'un air de défi au milieu du bassin. Il était impossible d'aller le chercher là-bas. Les policiers se contentèrent donc d'emmener au poste ses deux coéquipiers qui braillaient dans la voiture. Rytkönen agita le poing vers le véhicule qui s'en allait.

Dès que celui-ci eut disparu, l'un des joueurs revint au bord du bassin sur son vélo. C'était un grand escogriffe boutonneux, de la taille de Rytkönen. Il décrivit une courbe près du tas de vêtements et s'empara du costume et des chaussures. Rytkönen vit une jambe de son pantalon neuf flotter sur le porte-bagages du vélo. Le grand dadais laissa tomber une chaussure devant l'hôtel Tammer.

Taavetti Rytkönen resta debout dans l'eau froide du bassin, tout nu, le ballon sous le bras, sans savoir ce qu'il convenait de faire. Le jour s'était levé et des gens qui se rendaient au travail commençaient à passer dans la rue. Instinctivement, il s'accroupit, de sorte que seule sa tête chenue sortait de l'eau, et aussi le ballon sale.

Il y eut bientôt autour du bassin une bonne dizaine de femmes surexcitées, et il en arrivait toujours de nouvelles. Elles invitèrent Rytkönen à sortir de l'eau, mais sans succès. Elles gémissaient que le pauvre homme allait prendre froid. L'une d'elles suggéra d'aller chercher une corde ou un lasso, avec lequel on pourrait l'attraper et le ramener sur la terre ferme. Un peu plus tard arriva une femme d'un certain âge, qui décréta qu'il fallait appeler la police.

« Vous ne voyez pas qu'il est fou ? Il va geler ici ! Qui va téléphoner ? »

Quelqu'un partit téléphoner à la police, mais cela ne servit à rien.

« Ils m'ont répondu qu'ils connaissaient déjà ce vieux et qu'ils en avaient assez de lui. Il est allé dans l'eau de son plein gré et il peut aussi en sortir tout seul. Ils m'ont dit qu'ils n'avaient pas le temps d'aller repêcher tous les petits vieux du monde et que s'il était têtu au point de vouloir rester assis dans ce bassin, il n'avait qu'à y rester ! »

On demanda à Rytkönen son nom et son adresse, mais il refusa de décliner son identité. Il ne savait plus ce qu'il devait faire. Il se mit en colère, car de plus en plus de gens venaient l'observer. Les habitants de Tampere n'avaient-ils donc rien de mieux à faire, à cette heure-ci, que d'importuner un pauvre vieillard ?

Pour couronner le tout, une petite pluie fine se mit à tomber, qui se changea bientôt en averse. La surface du bassin crépitait joyeusement sous les gouttes. Les cheveux gris de Rytkönen étaient trempés, de l'eau dégoulinait le long de son nez et il commençait à en avoir sacrément marre.

« Il éternue, le pauvre ! Est-ce qu'il ne faudrait pas appeler une ambulance ?

— Les pompiers ! Ce sont les pompiers qu'il faut appeler. Ils ont des plongeurs, c'est le seul moyen de le sortir de là. »

Seppo Sorjonen se leva vers six heures et entendit la pluie qui tapait contre la vitre. Il alla réveiller Rytkönen pour le petit déjeuner. Ne le trouvant pas dans sa chambre, il descendit à toute allure dans le hall de l'hôtel. Le portier de nuit lui indiqua que M. le Conseiller était sorti à deux reprises pendant la nuit. Il n'avait laissé aucun message.

En proie à de sombres pressentiments, Sorjonen se précipita dans la rue. Il se reprocha d'avoir laissé le vieil homme ivre tout seul dans sa chambre. Mais il ne pouvait tout de même pas l'enchaîner !

Il aperçut un attroupement dans le jardin public derrière l'hôtel. Il courut jusque là-bas et vit que les gens étaient rassemblés autour d'un bassin. Ils criaient conseils et remarques en direction de deux boules qui se trouvaient au milieu du plan d'eau ; l'une était un ballon de football, l'autre la tête furibonde de Taavetti Rytkönen. Seppo Sorjonen se fraya un chemin à travers la foule et ordonna à Rytkönen de sortir immédiatement. Le vieil homme le reconnut et s'exécuta aussitôt. Il se dressa hors de l'eau en cachant pudiquement d'une main ses parties intimes. Sorjonen lui demanda où étaient ses vêtements et à qui appartenait ce ballon.

« Ne pose pas de questions idiotes ! »

D'un coup de pied, Sorjonen envoya le ballon très loin dans le parc, de l'autre côté de la rue, puis il conduisit son camarade à l'hôtel. La foule les suivit avec curiosité. Comme il pleuvait à verse, Sorjonen ôta sa veste et la mit sur les épaules de son ami. Sur les marches de l'hôtel, il se retourna vers leurs accompagnateurs et annonça : « Le spectacle est terminé. Merci de votre intérêt. »

Il parvint à conduire le vieil homme trempé jusqu'à sa chambre sans trop attirer l'attention. Ils croisèrent dans le couloir quelques clients qui allaient prendre leur petit déjeuner. Taavetti Rytkönen se sentait un peu penaud. Dans l'ascenseur, ils eurent pour compagnie trois dames d'un certain âge qui parlaient allemand. Il leur tourna le dos, mais vit alors son corps ruisselant dans le miroir. La cabine montait avec une lenteur exaspérante. Les Allemandes échangeaient des commentaires sur le grave relâchement des mœurs dans les pays nordiques.

Une fois dans la chambre, Sorjonen ordonna à Rytkönen d'aller tout de suite prendre un bon bain. Il le fit ensuite se mettre au chaud sous sa couverture. Rytkönen éternua à plusieurs reprises, d'un air soulagé, et s'endormit. Seppo Sorjonen resta assis à côté du lit, plongé dans ses pensées. Il prit sur le frigo le vieux moulin à café et se mit à broyer du noir.

10

On aurait pu croire que la santé du conseiller-géomètre Taavetti Rytkönen ne résisterait pas à plusieurs heures de trempage dans l'eau froide. Ses joues devinrent toutes rouges et son rythme cardiaque s'accéléra. Seppo Sorjonen observait avec inquiétude l'état de son camarade. Il alla acheter un thermomètre et de l'aspirine à la pharmacie. Il fourra le thermomètre dans la bouche du vieil homme endormi et constata qu'il avait 39,2 de fièvre.

Sorjonen appela sa petite amie Irmeli Loikkanen à Helsinki et lui raconta comment il était arrivé à Tampere. Il lui annonça notamment qu'il n'était plus chauffeur de taxi. On l'avait licencié à cause de cette course qui s'était prolongée jusqu'à Hämeenlinna.

Irmeli s'inquiéta. Comment son cher Seppo supportait-il cette épreuve ? Devait-elle venir le voir à Tampere ? Elle languissait terriblement. Elle pouvait prendre quelques jours de congé et venir le rejoindre. Sa hanche lui avait fait mal toute la semaine, mais on lui avait promis une place dans la liste d'attente pour l'opération à l'hôpital. Ce serait formidable si elle pouvait être débarrassée de son défaut.

« Ils ont dit que c'était une grosse opération. »

Irmeli Loikkanen avait trente ans et travaillait dans une entreprise de transports. Son principal problème était une malformation congénitale de la hanche qui avait évolué plus tard en arthrose. Elle avait une jambe plus courte que l'autre et, pour cette raison, sa colonne vertébrale était un peu tordue. Sa malformation l'empêchait d'apprécier les promenades. Elle aimait en revanche beaucoup la natation, car sa hanche ne la gênait pas pour nager.

Heureusement, elle avait maintenant l'espoir d'obtenir une place dans la liste d'attente. La prise en charge municipale exigée par l'hôpital allait lui être accordée. Sorjonen essaya de la rassurer. Tout se passerait bien, il en était sûr. Mais pour l'instant, il avait d'autres embêtements. Son protégé, un conseiller-géomètre atteint de démence, était malade. Il était alité dans sa chambre, avec une forte fièvre. Que devait-il faire ?

Le seul conseil qu'Irmeli put lui donner fut de téléphoner à un médecin. La fièvre pouvait évoluer en pneumonie, ce qui serait particulièrement grave, surtout chez une personne âgée.

Après avoir raccroché, Seppo Sorjonen appela

le centre de soins le plus proche et demanda conseil. Il expliqua que son camarade avait attrapé la grippe. Devait-il l'amener pour qu'on s'occupe de lui ?

« Quel est son numéro de Sécurité sociale ?

— Je ne sais pas. Il doit être né en 1923, ou dans ces eaux-là.

— Demandez-le-lui !

— Il ne sait pas, enfin il ne s'en souvient pas.

— Où est-il inscrit ?

— À Espoo, je suppose. Son nom est Taavetti Rytkönen. »

Son interlocuteur lui expliqua alors, en des termes très administratifs, que le malade en question n'avait pas le droit de venir se faire soigner au mauvais endroit. Il fallait le conduire à l'hôpital d'Espoo.

« Mais il est conseiller-géomètre », argua Sorjonen.

On lui répondit que ce n'était pas dans les habitudes du centre de soins de s'aplatir devant les notables. Si le malade possédait le titre de conseiller, il avait certainement les moyens de recourir à un médecin privé au lieu d'encombrer les services gratuits de la société.

Sorjonen resta au chevet de Taavetti Rytkönen toute la journée et la nuit suivante. Il commanda du jus de raisin chaud et du bouillon de viande. Rytkönen but sans envie, se plaignit de son état et dormit beaucoup. Pendant la nuit, il fit des cauchemars et se mit à parler tout seul. Sorjonen, assis auprès du lit, le surveillait attentivement pour qu'il ne s'extraie pas de ses draps et n'aille pas vagabonder, fiévreux, dans les couloirs ou même à l'extérieur.

Dans son délire fébrile, Taavetti Rytkönen retourna dans son enfance : il appela sa maman, fit les foins, tua des pies au lance-pierres et alla se baigner. L'eau était terriblement froide. Puis la guerre éclata. Taavetti entra dans l'armée et commença à graisser des roues de char d'assaut. La burette d'huile disparut, puis elle s'obstina. Rytkönen jurait comme un charretier

Dans la seconde partie de la nuit, la fièvre monta jusqu'à près de quarante. C'était une rude épreuve pour le vieil homme. Sa mémoire divaguait de plus belle. Il se mit à raconter une histoire de locomotive qu'il fallait tirer avec un char hors des marécages situés au-delà du lac de Makria et remorquer jusqu'à Aunus pour la reconvertir en génératrice de scie circulaire. Le récit était chaotique. Sorjonen était parfois obligé de poser des questions pour préciser le déroulement de l'histoire. Les Russes avaient immergé la locomotive dans le marais, mais elle était en assez bon état. Rytkönen maudissait les moustiques et la chaleur étouffante qui régnait à l'intérieur du char. C'était donc l'été. Lorsqu'il découvrit un parterre de myrtilles dans la forêt, près du lac de Makria, le tankiste fit « miammiam ». Il se souvint alors de sa mère et du lait aux myrtilles. Puis il se mit à pester contre les câbles qui avaient cassé pendant qu'ils tiraient la locomotive à travers les forêts épaisses de Carélie orientale. Ensuite, il alla faire cuire des crêpes à Hankasalmi dans les années 30, mais il se remit à tirer la locomotive lorsque Sorjonen lui rappela discrètement sa mission. L'engin lourd de plusieurs tonnes arriva finalement à bon port à Aunus. Rytkönen imita à la perfection le bruit de la scie circulaire, allant jusqu'à ôter son dentier pour produire un effet plus réaliste. Il poursuivit son rêve avec une expression satisfaite. Après avoir accompli sa mission, exécuté les ordres, le vieux soldat s'endormit.

Au matin, Seppo Sorjonen téléphona au central médical de Tampere et demanda qu'un médecin vienne examiner Taavetti Rytkönen. On vit arriver un moment plus tard le docteur Remi Hyvarinen, un homme d'une quarantaine d'années à l'apparence tout à fait ordinaire. Il demanda au malade de s'asseoir et de se mettre torse nu. Il écouta les poumons sifflants de Rytkönen et lui tapota le dos avec ses phalanges. Le diagnostic fut bientôt établi.

« Légère bronchite. Le cœur a l'air en parfait état. Peut-être qu'un petit traitement antibiotique serait indiqué, et deux ou trois jours de repos au lit. »

Sorjonen invita Hyvarinen à passer dans sa chambre. Là, il lui expliqua brièvement la nature de ses relations avec le malade et lui demanda quel était réellement l'état de santé de Rytkönen.

D'après Hyvärinen, le vieil homme était de constitution robuste, peut-être avait-il fait partie d'un club d'athlétisme dans sa jeunesse. Sur la base d'un examen superficiel, il était en mesure d'affirmer qu'il n'y avait pas de raison de s'inquiéter.

« Il pourra courir en ce bas monde encore longtemps, si Dieu lui prête vie. »

Seppo Sorjonen expliqua qu'il le croyait atteint de démence. Il était invalide de guerre, blessé à la tête, et il avait peut-être encore des éclats d'obus dans la boîte crânienne. Quelle attitude devait-il avoir à son égard ? Fallait-il le conduire dans un hôpital psychiatrique ?

D'après le médecin, Rytkönen n'avait pas besoin pour l'instant d'être placé dans un établissement de soins. Il lui avait fait l'impression d'un vieil homme encore plein de vigueur.

Il expliqua que les personnes atteintes de démence avaient des problèmes de mémoire. Elles ne parvenaient pas à retenir les événements les plus récents. La caractéristique de cette maladie était que le malade lui-même n'en avait pas conscience et refusait d'admettre son état ; c'était très pénible pour la famille et les proches. En général, les troubles apparaissaient progressivement, de façon presque imperceptible.

« Le diagnostic est difficile à faire au début. Les

malades ne se plaignent pas de leurs maux, car ils ne les comprennent pas eux-mêmes, et s'ils les comprennent, ils refusent obstinément de les reconnaître et essayent de dissimuler leurs défaillances. »

Selon Remi Hyvarinen, les déments faisaient preuve d'une certaine indifférence sentimentale. À l'égard des personnes plus jeunes et plus capables, ils avaient une attitude de soupçon, voire de haine. Ils conservaient leurs aptitudes sociales, mais dans leur vie amoureuse ils avaient tendance à devenir superficiels et bourrus.

« Les troubles apparaissent souvent la nuit, lorsque le malade se sent angoissé et seul. Le pronostic d'une démence avancée est malheureusement très peu encourageant. La maladie ne guérit pas, mais le bon côté des choses est que, plus la maladie s'aggrave, moins le malade s'en plaint. »

Hyvarinen souligna que le dément avait besoin dans son entourage de gens au comportement positif, dont la présence et les attentions lui procuraient un sentiment de sécurité et atténuaient son angoisse. Si Sorjonen voulait aider son camarade, il devrait éviter de lui faire des reproches et essayer de se placer dans le rôle de celui qui comprend et soutient. Si l'état de Rytkönen devait s'aggraver, il serait peut-être indiqué de se présenter à lui sous l'apparence d'un médecin, par exemple avec une blouse blanche et un instrument médical quelconque. Une personne familière et qui, de surcroît, ressemblait à un médecin parvenait en général à calmer le malade.

Après avoir prodigué ces conseils, Remi Hyvarinen voulut jeter encore un coup d'œil sur le malade. Il agita joyeusement son stéthoscope à la porte de la chambre.

« C'est encore moi ! Ne vous en faites pas, restez tranquille. Je suis juste venu bavarder un peu. »

Il commença à poser à Rytkönen toutes sortes de questions concernant sa situation actuelle, sa maison, sa famille, son métier, ses moyens d'existence. Rytkönen ne savait pas très bien y répondre et s'emporta.

« Qu'est-ce que c'est que cet interrogatoire ? Je ne vous connais pas, mêlez-vous de ce qui vous regarde ! Et si le montant de ma fortune vous intéresse tant que ça, tenez, tout est là, vous n'avez qu'à compter. »

Il sortit de sous son oreiller l'épaisse liasse de billets de banque entourée par un gros élastique. Il y avait là une quantité de billets de mille qu'un simple médecin de famille n'avait pas souvent l'occasion de voir.

Lorsqu'ils furent de nouveau seul à seul, Hyvarinen recommanda à Sorjonen de se procurer un stéthoscope et une blouse blanche ; un marteau à tester les réflexes ne ferait pas de mal non plus. Les instruments et la blouse blanche inspiraient confiance aux vieillards méfiants, surtout lorsqu'ils étaient un peu dérangés. La chambre du malade devait être bien éclairée, même la nuit, pour qu'il ne soit pas saisi de craintes sans fondement.

« Pourriez-vous me vendre votre stéthoscope et quelques autres bricoles ? Ce truc, là, c'est un appareil à mesurer la tension ? » demanda Sorjonen en fouillant dans la sacoche du médecin.

Hyvarinen ôta sa blouse blanche et la pendit dans l'armoire avec les vêtements de Sorjonen. Il sortit de son sac quelques instruments et les lui tendit. Il ajouta leur prix, ainsi que celui de la blouse, au montant de ses honoraires. Enfin, il expliqua comment les utiliser.

Pour s'exercer, Sorjonen examina les poumons de Remi Hyvarinen. À l'exception d'un sifflement suspect, il les trouva en bon état. Ensuite, il lui prit la tension. Le résultat fut saisissant : 19-12 ! Sorjonen considéra son patient d'un air soucieux. Il lui conseilla d'envisager sérieusement une réforme de son mode de vie et, si cela ne suffisait pas, d'aller consulter un médecin.

11

Le conseiller-géomètre Taavetti Rytkönen passa la semaine dans son lit à l'hôtel Tammer, sous la garde du médecin autodidacte Seppo Sorjonen. Les médicaments prescrits par Remi Hyvarinen firent baisser la fièvre. L'appétit ne tarda pas à revenir et le malade put boire son premier verre d'alcool dès le quatrième jour. Aussitôt, il sauta de son lit et se mit debout. Il profita de sa convalescence pour reprendre des forces en mangeant des plats raffinés et en buvant des boissons succulentes. Une semaine après sa partie de football nocturne, il était parfaitement guéri.

Seppo Sorjonen acheta deux livres sur la démence : *Le Vieillissement et les soins aux personnes âgées*, sous la direction de Matti Isohanti, qui portait sur la façon dont on soignait les déments à la maison de retraite de Kannus, en Ostrobotnie, et *La Démence, examen et soins*, dont les auteurs étaient Raimo Sulkava, Timo

Erkinjuntti et Jorma Palo. Il fit également l'acquisition d'un ouvrage de Kalle Achtén, Yrjö O. Alanen et Pekka Tienari intitulé *Psychiatrie*. Pendant la convalescence de Rytkönen, il eut tout le temps de se plonger dans ces ouvrages médicaux. Après ces lectures, il se sentit suffisamment bien informé. En étudiant la psychiatrie, il découvrit avec étonnement qu'il présentait lui-même des signes de toutes les maladies mentales possibles, ainsi que d'innombrables névroses. Plus il feuilletait ces livres, plus il se sentait fou.

Taavetti Rytkönen, en revanche, ne se souciait pas le moins du monde de son état de santé. Il célébra son rétablissement plusieurs soirs de suite dans la salle des banquets de l'hôtel Tammer, dépensant sans compter et profitant joyeusement de la vie. Le docteur Sorjonen avait chaque nuit toutes les peines du monde à convaincre le vieillard déchaîné d'aller se coucher.

Un matin, en examinant Taavetti Rytkönen, il constata qu'il était complètement guéri et pouvait maintenant sortir de l'hôtel. En entendant cela, Rytkönen redoubla d'enthousiasme. Il proposa de quitter Tampere et d'aller par exemple dans le Nord. Sorjonen estimait quant à lui qu'il était grand temps de retourner à Espoo. Il avait écrit à la gouvernante une carte postale, dans laquelle il l'informait des voyages de son patron et s'engageait à le ramener chez lui. Il avait également essayé plusieurs fois de téléphoner, mais il n'avait entendu que la voix de Rytkönen enregistrée sur le répondeur.

Le conseiller-géomètre ne voulait pas entendre parler de son retour à Espoo. Selon lui, il n'y avait pas de raison impérieuse de retourner chez lui, du moins pour l'instant. La Finlande était un beau pays et cela valait la peine d'en profiter un peu plus longtemps.

Sorjonen ne voulait pas céder. Le voyage à Hämeenlinna, à Parola et à Tampere l'avait tellement fatigué qu'il aspirait à prendre un peu de repos. Il ne pouvait pas continuer indéfiniment à courir les routes avec un vieillard. Que dirait Irmeli ? Il demanda à Rytkönen de payer la note d'hôtel et de le rejoindre dans la voiture. Ils allaient quitter Tampere le jour même.

Leur désaccord se transforma très vite en dispute. Rytkönen déclara d'un air buté qu'il n'interromprait pour rien au monde un voyage si intéressant. Il avait l'intention de rendre visite à ses anciens compagnons d'armes. Il voulait aller saluer le secrétaire de la compagnie de blindés, le caporal Mäkitalo, à Lestijärvi. Ou le sous-lieutenant Aaltio à Oulu, à moins que ce ne soit à Rovaniemi, il fallait vérifier.

Sorjonen ne voulait pas non plus changer d'avis. Il fit remarquer à Rytkönen qu'il n'était pas un de ses proches parents, mais seulement un ancien chauffeur de taxi et qu'il n'était nullement obligé de s'occuper de tous les vieillards obstinés que le hasard faisait entrer dans sa voiture. En plus, il avait à Helsinki une petite amie avec un défaut à la hanche. Il ne pouvait pas décemment vagabonder à travers tout le pays pendant qu'Irmeli Loikkanen attendait qu'on la convoque pour une opération difficile.

« Et moi qui croyais que nous étions amis ! Même à la guerre, on n'abandonnait pas ses compagnons en difficulté », se plaignit le vieil homme.

Sorjonen alla mettre les bagages dans la voiture et ordonna à Rytkönen de venir avec lui. Triste et déçu, celui-ci demanda à être conduit à la gare. Il prendrait le premier express vers le nord. C'était le soir, des trains rapides n'allaient peut-être pas tarder à arriver du sud. Rytkönen sortit son argent de sa poche intérieure et commença à fourrer dans la main de Sorjonen des billets de mille.

« Prends ! Pour tes frais. »

Le « docteur » ne voulait pas d'argent. Il essaya encore une fois de convaincre le vieux soldat de rentrer avec lui. Mais rien n'y fit. Taavetti Rytkönen porta son sac jusqu'à la gare. Un rapide qui montait vers le nord devait arriver dans une demi-heure. Posant les mains sur les épaules de son ami, Rytkönen insista pour qu'il poursuive le voyage avec lui.

« Allez, ramène cette voiture au loueur et prends le train avec moi : à deux, ce serait plus agréable de voyager ; on est tout de même de vieux camarades. »

Seppo Sorjonen aida le vieil homme à prendre place et lui serra la main. La gorge un peu nouée, il retourna sur le quai. Le train s'ébranla. Derrière la vitre, il vit la tête grise de son camarade qui le regardait comme un inconnu. Le wagon s'éloigna en prenant lentement de la vitesse. Sorjonen, songeur, retourna à la voiture. Il ouvrit le coffre et commença à chercher dans son sac ses lunettes de soleil. Il vit alors les instruments qu'il avait achetés à Remi Hyvarinen : le stéthoscope, l'appareil à mesurer la tension et le marteau pour tester les réflexes. Il se sentit soudain terriblement coupable d'avoir laissé un vieillard amnésique partir seul en train vers l'inconnu. Il se traita intérieurement de triple imbécile et de sombre crétin pour l'avoir ainsi abandonné dans le seul but de se simplifier la vie. L'opération d'Irmeli, dans le meilleur des cas, n'aurait lieu qu'à l'automne. Il sauta dans la voiture, étudia longuement la carte routière et partit à la poursuite du train. Il estimait qu'il pourrait le rattraper à la gare de Seinäjoki, à 180 kilomètres de là, à condition de rouler à fond la caisse.

Taavetti Rytkönen, assis dans le rapide d'Ostrobotnie, se sentait assez déprimé. Le docteur Sorjonen l'avait abandonné, en faisant fi de leur vieille amitié. L'homme n'avait d'autre destin en ce monde que la solitude. On ne pouvait même pas compter sur ses amis !

Il acheta un billet pour le prochain arrêt, qui était Seinäjoki, selon le contrôleur. Peu importe l'endroit, pensait-il avec lassitude. Les autres voyageurs lui étaient étrangers, ils somnolaient sur leur banquette et avaient l'air antipathiques. Par la fenêtre, il distinguait un paysage plat dans la pénombre du soir, des marais lugubres et des maisons grises. Le train passait dans les environs de Parkano. Vue de cette voie ferrée, la Finlande n'était plus aussi jolie.

Devant ses yeux se présenta l'image d'un enterrement. Était-ce celui de sa femme ? Il en avait l'impression. Il pleuvait. Un pasteur blême parlait au bord de la tombe. De l'eau dégoulinait des branches des sapins centenaires du cimetière et lui tombait sur la nuque. C'était triste. Il devrait porter des fleurs sur la tombe de sa femme. Il ne se souvenait plus très bien de l'endroit où elle était enterrée.

Tard dans la soirée, le train arriva à Seinäjoki. Taavetti Rytkönen prit son sac et descendit. Il alla dans le hall de la gare, s'assit sur un banc et se mit à réfléchir pour savoir ce qu'il convenait de faire à présent. Il essaya de se souvenir de Seinäjoki. Connaissait-il cet endroit ? Il ne savait plus. Il acheta dans un kiosque le journal régional, *Pohjalainen*, et commença à le lire. Il devait peut-être chercher un hôtel où passer la nuit. Le journal contenait des bandes dessinées qu'il ne connaissait pas.

Les haut-parleurs annoncèrent le départ du train. Au même instant, un homme au visage familier traversa en courant le hall de la gare, se précipita sur le quai et réussit à sauter dedans juste avant qu'il ne s'ébranle. Taavetti Rytkönen avait reconnu le docteur Sorjonen. Il appela son ami, mais ce dernier ne l'entendit pas, il était trop pressé et trop excité.

Taavetti Rytkönen se demanda avec étonnement pour quelle raison Sorjonen s'était précipité à Seinäjoki et pourquoi diable il était monté tout droit dans ce train. S'il avait quelque chose à lui dire, il aurait dû venir lui parler, il était assis là, dans le hall de la gare ! Étrange personnage ! Peut-être quelqu'un le poursuivait-il ?

Rytkönen sortit sur la place. Là, sur l'aire de stationnement, se trouvait la voiture de location. Il essaya d'ouvrir les portières, mais elles étaient verrouillées. Il réfléchit intensément au comportement énigmatique de Sorjonen. Puis il monta dans un taxi et demanda au chauffeur de le conduire au meilleur hôtel de la ville.

Seppo Sorjonen haletait dans le dernier wagon. Il s'en était fallu de peu qu'il ne rate le train. Après avoir repris son souffle, il partit à la recherche de son ami. Il passa tout le train au peigne fin, d'un bout à l'autre, regarda dans les compartiments couchettes, demanda au chef de train, inspecta le wagon-restaurant. Il fit la queue devant toutes les toilettes. Quelques-unes d'entre elles étaient dans un état effrayant.

Tous ses efforts furent vains : Taavetti Rytkönen demeurait introuvable. Était-il tombé du train ? Avait-il sauté en marche dans un moment d'abattement ? Seppo Sorjonen, au désespoir, descendit à Kokkola, premier arrêt après Seinäjoki.

Il y passa la nuit. Après avoir somnolé sur un banc de la gare, il traîna sur les quais, puis tua le temps dans les jardins publics. À moitié endormi, il songea une nouvelle fois à son mariage. Irmeli avait parlé à plusieurs reprises d'un mariage à l'église. Sorjonen se voyait en train de conduire sa fiancée boiteuse vers l'autel, dans la large et interminable allée centrale. C'est là, sous le regard indiscret de leurs invités, qu'ils commenceraient en claudiquant leur chemin commun. Il était un peu gêné de reconnaître qu'après l'opération de la hanche, la cérémonie lui paraîtrait beaucoup plus supportable. L'opération ferait gagner à sa fiancée quelques centimètres, ce dont il ne pouvait que se réjouir. Quand la marchandise était bonne, il n'y en avait jamais trop.

Au petit matin, il monta dans un train qui descendait vers le sud et retourna à Seinäjoki. Raidi par la fatigue, il alla en voiture jusqu'à l'hôtel le plus proche. Il prit une chambre et se coucha. Il se réveilla un peu avant dix heures et courut prendre son petit déjeuner.

Dans le restaurant se trouvait un autre lève-tard, le conseiller-géomètre Taavetti Rytkönen, qui terminait un grand bol de bouillie d'avoine. Seppo Sorjonen alla vers lui. Rytkönen leva la tête et son visage s'illumina d'un sourire lorsqu'il reconnut son ami. Il lui serra la main avec joie.

« Docteur Sorjonen ! Quel bon vent t'amène ? Ça fait une éternité qu'on ne s'est pas vus ! »

DEUXIÈME PARTIE

12

Seinäjoki n'est pas l'un des hauts lieux touristiques de l'Europe. Taavetti Rytkönen et Seppo Sorjonen ne tardèrent pas à s'en apercevoir. Une église dessinée par Alvar Aaltto — la Croix de la Plaine —, quelques bâtiments administratifs, la gare de chemin de fer : voilà les principaux centres d'intérêt que le voyageur trouvera à Seinäjoki.

Les deux hommes tombèrent d'accord pour continuer le voyage, peu importait la destination. Rytkönen se souvint qu'un de ses compagnons d'armes habitait ici, dans ce coin perdu de l'Ostrobotnie, sur le cours supérieur du Lestijoki. Il s'agissait de Heikki Mäkitalo, agriculteur et secrétaire de la compagnie de blindés. Il proposa d'aller saluer cet ancien combattant et de voir ce qu'il devenait. Pendant la guerre, Mäkitalo avait été un type formidable.

Sorjonen fit les bagages, sans oublier le vieux moulin à café qui était mystérieusement apparu dans les affaires de Rytkönen à Tampere. Au matin, ils payèrent la note d'hôtel et partirent pour les rives du Lestijoki. À Lestijärvi, Sorjonen alla demander l'adresse de Mäkitalo à la mairie. Le bureau des contributions lui indiqua le chemin. Le contribuable en question, qui relevait de la circonscription des impôts agricoles, habitait dans le village de Sykäräinen. Il était déjà à la retraite, mais continuait à cultiver la terre par pure obstination, bien que ce ne soit pas une activité que l'on puisse recommander à un homme de son âge. Mäkitalo était bien connu des services municipaux. Sorjonen fut chargé officieusement de lui dire de quitter les marais de Sykäräinen et d'aller habiter avec sa femme à la maison de retraite, comme toutes les personnes âgées convenables. En tant qu'agriculteur, il était surtout une source de nuisances et d'embêtements. Il coupait des arbres sans autorisation, il ne payait pas ses impôts, intentait des procès à des gens irréprochables et écrivait dans les journaux des articles diffamatoires sur les responsables communaux. L'hiver précédent, il avait fait sauter un refuge forestier de la police à Kotkanneva : il avait bourré la cheminée de dynamite et, quand elle avait explosé, toute la cabane était partie en l'air et s'était dispersée dans les bois. Évidemment, le vieux avait toujours nié cet acte indigne, bien que l'administration eût essayé de faire pression sur lui par tous les moyens. Au fin fond des marais et des forêts sauvages de Lestijärvi, les deux compères finirent par découvrir l'exploitation de Heikki Mäkitalo. Elle se trouvait au bout d'un étroit chemin de gravier. Elle était bordée d'un côté par une exploitation abandonnée et de l'autre par des marais lugubres. C'était dans ces contrées sinistres que l'ancien combattant Heikki Mäkitalo avait créé son exploitation, construit un sauna, une maison, une étable et autres bâtiments utilitaires. Il avait creusé des fossés, défriché la forêt, drainé des marais, coupé les foins et élevé des vaches.

Ils le trouvèrent dans sa cabane, assis dans un fauteuil à bascule. La fermière, Anna, était en train d'arroser les fleurs sous la fenêtre. Contre le mur, une horloge battait paisiblement.

Les deux anciens combattants jurèrent avec enthousiasme en se serrant la main.

« Rytkönen, nom de Dieu !

— Mäkitalo, vieille fripouille ! »

Après avoir échangé quelques insultes amicales, les deux hommes s'assaillirent mutuellement de questions. Mäkitalo se souvenait qu'ils s'étaient vus pour la dernière fois pendant la guerre de Laponie. Cela faisait un bail ! Ils burent du café. La maîtresse de maison annonça qu'elle allait chauffer le sauna. Sorjonen lui proposa de porter le bois et l'eau. Rytkönen fit l'éloge de la femme de Mäkitalo qui lui paraissait une personne agréable, assez jeune même par rapport à son mari.

Lorsque les anciens combattants grimpèrent tout nus sur les gradins du sauna, Sorjonen fut surpris en voyant les cicatrices qui marquaient leur peau. Les blessures étaient celles des années de guerre. La cicatrice la plus ancienne de Mäkitalo datait de la guerre d'Hiver, certaines autres des combats sur l'isthme de Carélie et quelques-unes de la guerre de Laponie. Sorjonen avoua qu'il n'aurait jamais cru que la guerre avait été terrible au point de laisser sur les hommes des traces qui restaient visibles une vie entière.

Les anciens soldats jouèrent les modestes.

« Oh, nos cicatrices, c'est rien du tout. Tu aurais dû voir les gars qui tombaient ! C'est dans les cimetières de Finlande que reposent les héros de guerre les plus balafrés du monde ! »

Pendant les pauses, ils sirotaient sur les marches du sauna le cognac apporté par Rytkönen. Mäkitalo déclara d'un air appréciateur à Sorjonen que, pendant la guerre, Rytkönen s'était battu comme un lion. Sur l'isthme de Carélie, il avait anéanti un sacré paquet de chars russes.

« C'étaient des vieux tas de ferraille...

— Je m'en souviens bien, parce que j'étais le secrétaire de la compagnie. Tu as même reçu un éclat dans le crâne. Est-ce que ce n'était pas à Vuosisalmi ?

— Oui. Il paraît que c'était un obus de canon antichar, mais je ne pourrais pas en jurer. »

Mäkitalo expliqua que Rytkönen avait alors été

écarté du front pour quelque temps : on l'avait emmené à l'hôpital militaire pour qu'il y meure. Mais avant la fin de l'automne, il avait rejoint son unité, juste à temps pour poursuivre les Allemands pendant la guerre de Laponie.

« On était sacrément étonnés que tu aies la tête si dure et que tu puisses revenir si vite. »

Rytkönen se frotta doucement les tempes.

« C'est dur, la tête d'un homme, il faut le reconnaître. Mais j'ai été malade tout l'été. C'est seulement à l'automne que mes oreilles ont arrêté de sonner. »

Mäkitalo ajouta que, lorsque Rytkönen était revenu de son congé de maladie et avait fait son apparition à Pudasjärvi, les gars s'étaient dit les uns aux autres que maintenant les Allemands allaient avoir du fil à retordre. Ils avaient commencé à crier au-delà de la ligne de front que des renforts étaient arrivés : le guerrier enragé Rytkönen s'était libéré et se préparait à passer à l'attaque dès le lendemain. Les Allemands avaient crié en réponse qu'ils ne craignaient pas un homme seul. On leur avait alors expliqué que Rytkönen était si féroce que les Russes avaient dû conclure l'armistice à cause de lui et marchaient déjà sur Berlin. Les Allemands avaient cessé de crier. Pendant la nuit, le grondement de leurs chars avait fait craindre qu'ils ne préparent une attaque. En réalité, ils battaient en retraite ! Au matin, les chasseurs avaient trouvé les lignes ennemies désertes.

Les Allemands s'étaient contentés d'enterrer des mines derrière eux. Un morceau de contreplaqué restait cloué à un poteau téléphonique. Quelqu'un y avait écrit en allemand des phrases inconvenantes au sujet de Rytkönen — de la grossière propagande de guerre !

Seppo Sorjonen leur avoua qu'il écrivait à ses moments perdus et qu'il avait même publié un livre : une histoire pour les enfants qui parlait de la crise du logement chez les écureuils. En écoutant les récits des deux anciens combattants, il s'était fait la réflexion que Rytkönen devrait publier ses mémoires de guerre.

À en juger d'après ces quelques épisodes, ils intéresseraient certainement le public finlandais. Peut-être que Mäkitalo pourrait mettre par écrit les aventures de Rytkönen, puisqu'il connaissait les faits et qu'il était le secrétaire de la compagnie ? Le héros lui-même ne se souvenait plus guère de ses exploits.

Heikki Mäkitalo ne se jugeait pas assez bon écrivain. En sa qualité de secrétaire, il avait surtout enregistré les effectifs, les morts au combat, les blessés, établi les permissions, les feuilles d'inventaire et autres documents de routine.

« Les natures poétiques, elles ont toutes été tuées au front, déclara-t-il.

— Un char d'assaut, ce n'est pas Pégase », renchérit Taavetti Rytkönen.

Sorjonen annonça qu'il avait suffisamment

transpiré et sortit du sauna. Rytkönen expliqua à Mäkitalo que ce Sorjonen était un docteur relativement compétent, bien que parfois un peu étrange : il était parti le chercher à Kokkola, alors qu'il dormait à l'hôtel à Seinäjoki ! Il ne fallait pas faire attention, il était jeune.

« Et à part ça, comment vas-tu ? demanda Rytkönen à son hôte lorsqu'ils furent à nouveau seuls sur les gradins.

— Oh, il n'y pas de quoi plastronner. On disait autrefois que l'agriculture marchait bien, mais ce n'est plus le cas. Aujourd'hui, c'est une vraie malédiction, ce boulot. Plus tu en fais, plus on te gueule après. »

Après la guerre, en tant qu'ancien combattant, Mäkitalo avait obtenu une parcelle pour créer une exploitation dans la forêt de Lestijärvi. Il avait foi en la terre, il s'était marié et avait exploité sa propriété jusqu'à aujourd'hui. Il avait mis ses deux fils à l'école et aucun d'eux n'avait voulu prendre sa suite. Maintenant, il était à la retraite depuis environ dix ans, mais il continuait à travailler. Quelques années auparavant, il avait dû abattre ses vaches, à cause des quotas laitiers. Aujourd'hui, il se contentait d'élever quelques taurillons et de faire un peu de céréales. Et même ça, il devrait y renoncer cet été. Au prix actuel, ça ne valait plus le coup.

Mäkitalo s'enflammait en expliquant les problèmes auxquels se heurtait son exploitation. On avait privé les paysans de leur liberté. Quand on voulait faire des coupes dans la forêt, il fallait demander toutes sortes d'autorisations et laisser les agents de l'administration forestière décider du terrain et du marquage. Les industriels du bois fixaient les prix avec leurs cartels et leurs contrats d'achat. La concurrence ne pouvait pas jouer. Quand un exploitant coupait ses propres arbres, on le traînait en justice pour avoir dilapidé des ressources forestières. Les marais, il fallait les drainer et les boiser. C'était un boulot dingue : comment pouvait-on faire pousser des pins dans un marais ? Les meilleures landes étaient transformées en champs de caillasses par ces fichus fossés. Les arbres y séchaient aussitôt après avoir été plantés. Après ça, on ne pouvait même plus accéder à ses propres parcelles de forêt.

L'État avait imposé des quotas laitiers aux éleveurs : si on produisait trop, on avait une amende. Les champs, il fallait renoncer volontairement à les cultiver — de la bonne terre arable ! Et voilà que maintenant on avait décrété l'obligation de la jachère. Quinze pour cent des terres devaient être abandonnées chaque année aux mauvaises herbes, et si on ne s'exécutait pas, il fallait payer une amende de mille marks par hectare. Les machines étaient plus chères qu'autrefois. Les céréales et le lait ne rapportaient plus rien, à part des amendes. Le magasin du village avait fermé l'été dernier, et l'école plusieurs années auparavant.

Heikki Mäkitalo se flagellait si fort avec les branches de bouleau qu'il manquait de s'arracher la peau.

Les petits exploitants n'étaient soutenus par aucun parti. Les sociaux-démocrates étaient leurs pires ennemis, les communistes se contentaient de récolter des voix, le parti de coalition était du côté des compagnies forestières, les centristes ne s'intéressaient plus qu'à la ville et les Verts ne pensaient qu'à protéger les berges des ruisseaux. Tout récemment, le bureau de poste du village avait été fermé. Les journaux accusaient les agriculteurs de ruiner l'économie nationale et on pouvait lire dans le courrier des lecteurs des lettres diffamatoires qui les rendaient responsables du prix élevé des denrées alimentaires. Et le comble : quand on avait décidé que la Finlande devrait adhérer à la Communauté européenne, on avait dit que les paysans constituaient un obstacle : sans eux, on pourrait goûter aux délices de l'Europe ! Mais à cause de ces péquenots, ça reviendrait si cher que la Finlande ne serait peut-être pas acceptée.

« On nous a accusés de tous les maux de la terre, déclara amèrement Heikki Mäkitalo. Je me suis ruiné la santé dans ces fichus marais. D'abord, j'ai dû faire la guerre pendant cinq ans, puis j'ai travaillé plusieurs dizaines d'années ici, et voilà comment on me récompense ! »

Rytkönen compatissait au sort de son vieux

camarade. Sa situation n'était guère enviable, il fallait bien l'avouer.

Après le sauna, ils traversèrent tout nus la cour gazonnée et entrèrent dans la maison. Ils s'assirent à table pour se reposer un peu. En face de Rytkönen, sur le mur, était accrochée une grosse tête d'élan naturalisée. Mäkitalo expliqua qu'il avait tué l'animal il y avait quinze ans de cela, dans le marais de Kotkanneva. Il était si gros qu'il l'avait fait empailler en souvenir.

« Anna le déteste, elle dit qu'il hante la maison. Il paraît qu'il pousse des gémissements bizarres. Moi, je n'ai jamais rien entendu. Je ne vois pas comment il pourrait gémir alors qu'il est mort, déclara Mäkitalo.

— Tu es tellement sourd que même si cette tête poilue se mettait à hurler tu n'entendrais rien », persifla sa femme.

Rytkönen proposa que le docteur Sorjonen examine l'ouïe du vieil agriculteur ainsi que son état de santé général, et il alla lui-même chercher les instruments dans la voiture. Sorjonen eut beau expliquer qu'il n'était pas vraiment médecin, mais seulement un ex-chauffeur de taxi, rien n'y fit. Il écouta d'abord les poumons de Mäkitalo et trouva qu'ils n'étaient pas en parfait état. La tension était élevée et l'ouïe très émoussée.

« Mon problème de poumons, y a plusieurs docteurs qui me l'ont déjà signalé », reconnut le patient en remettant sa chemise.

Pour dîner, la maîtresse de maison leur servit de la brème salée, du pain de seigle tout juste sorti du four, du beurre et du lait. Puis elle fit les lits des invités dans la remise et se rendit à son tour au sauna. Laissant les deux amis poursuivre en tête à tête leur conversation, Seppo Sorjonen traversa la cour dans la fraîcheur du soir pour aller se coucher. Il décida qu'il demanderait à la fermière une ou deux miches de pain : il les enverrait à Irmeli, cela lui ferait certainement plaisir.

Un chat gris à rayures accourut de l'étable et vint se frotter contre ses mollets. Il le caressa. Le chat du vieux « blindé » ferma les yeux, poussa quelques miaulements, puis retourna s'installer sur les marches de l'étable.

13

Heikki Mäkitalo, une expression malicieuse sur le visage, regardait par la fenêtre. La lucarne du sauna était éclairée : sa femme s'y trouvait toujours. À côté du puits, Sorjonen caressa un instant le chat et partit se coucher dans la remise. Mäkitalo revint près de Rytkönen et lui annonça qu'il allait lui dévoiler un projet un peu fou.

« Mais tu dois me jurer de ne rien dire de tout cela à personne. »

Rytkönen le lui jura volontiers.

« Je ne me souviens pas mieux des affaires des autres que des miennes », expliqua-t-il.

Mäkitalo le conduisit dans la pièce du fond. Il ouvrit un tiroir de sa bibliothèque et en sortit une chemise cartonnée de couleur bleue qu'il posa sur la table. Elle contenait des cartes cadastrales et autres documents concernant son exploitation. En bon géomètre, Rytkönen fut aussitôt très intéressé.

Mäkitalo déplia une copie de la carte de ses

terres. C'était un plan tout à fait ordinaire qui portait de nombreuses annotations au feutre rouge. Il demanda à Rytkönen de l'étudier attentivement.

La propriété, d'une superficie de cent vingt hectares, était d'un seul tenant et en forme de hache : le tranchant au nord et le manche court au sud.

Les côtés de la partie nord avaient à peu près la même longueur et formaient un carré presque parfait. Les bâtiments étaient situés dans l'angle nord-ouest et desservis par un chemin d'exploitation qui se transformait en chemin forestier carrossable et continuait vers l'est en ligne droite, avant de sortir des limites de la propriété.

Outre le bâtiment principal, la ferme comptait une étable pour quinze vaches, un sauna et une remise. Au sud des bâtiments s'étendait un vaste marais qui jouxtait presque la cour. Mäkitalo avait transformé le nord du marais en terre cultivable. Le « champ supérieur » — c'était le nom qu'il donnait à ces terres marécageuses — mesurait onze hectares. Au sud-est de celui-ci s'étendait encore le champ inférieur, de six hectares, lui aussi pris sur le marais. Les bois de Mäkitalo étaient situés dans la partie est. La pointe sud était en friche. Dans les champs se trouvaient deux fenils, ainsi qu'une grange de battage dans un coin du champ supérieur. Un petit ruisseau qui portait le nom de Fossé-boueux entrait dans l'exploitation par le nord-ouest, longeait le bord occidental du champ supérieur et poursuivait sa course vers le sud au milieu des marais. Depuis le champ inférieur, un canal de drainage rejoignait le ruisseau.

Les terrains qui jouxtaient ceux de Mäkitalo à l'ouest appartenaient à l'État, de même que le vaste marais de Räntämä qui s'étendait au sud. L'exploitation était bordée à l'est par les bois de la compagnie forestière et au nord par une exploitation abandonnée. Celui qui l'avait fondée avait eu l'intelligence de partir pour la Suède dans les années 60 et était mort là-bas, d'après ce qu'on racontait.

« Le Lauri Rehmonen, il a échappé à toutes ces misères d'aujourd'hui », commenta Mäkitalo.

Rytkönen tournait et retournait la carte entre ses mains expertes. Il demanda d'un air surpris à son ami pourquoi il y avait ajouté toute une foule de commentaires personnels. À l'emplacement des champs, on pouvait lire : « Combler les fossés, défoncer la terre à la charrue. » À côté de chaque bâtiment figurait une remarque laconique : « À détruire » ou « À brûler ». La cave et deux ou trois parties du chemin avaient reçu la remarque : « À faire sauter. » La friche dans la partie sud était condamnée à être brûlée, de même que la tourbière qui jouxtait les champs. La forêt était vouée à une destruction totale et la plate-forme à lait à un « aplatissement ».

Les projets que Mäkitalo nourrissait à l'égard de sa propriété étaient des plus clairs.

« Tu veux détruire toute ton exploitation ?

— Oui, c'est exactement ça. Je n'en peux plus ! »

Taavetti Rytkönen regarda avec étonnement son vieux compagnon d'armes. Il devait être vraiment écœuré pour vouloir ainsi anéantir l'œuvre de sa vie.

Mäkitalo fourragea dans le dossier et en sortit un papier sur lequel il avait établi, de son écriture soignée, la liste de toutes ses possessions. C'était comme l'inventaire d'une succession. Tout y était : les forêts et les champs, le chemin, les poteaux téléphoniques, le bâtiment d'habitation, l'abri pour le bétail, les taurillons, les machines. La liste, longue et minutieuse, contenait les projets détaillés de destruction. La télévision devait être jetée dans le puits, celui-ci rempli de fumier et son couvercle détruit à la dynamite. La vaisselle, les tapis, le téléphone : jetés dans le marais. Seules devaient être épargnées quelques assiettes et quelques cuillères. Mäkitalo confia à Rytkönen que, s'il menait à bien cette fin du monde locale sur son exploitation, il ne désirerait plus rien ici-bas. Quand tout serait fini, il irait vendre à la ville son vieux tracteur à quatre roues motrices. La remorque était assez grande pour contenir les menues affaires dont deux personnes âgées pouvaient avoir besoin : quelques photos, des cuillères, des tasses à café. Ils pourraient les prendre avec eux à la maison de retraite. Ou chez la sœur de sa femme, à Kälviä, s'ils s'installaient là-bas. Ils avaient réfléchi à cela tout l'hiver. Anna était comme lui : elle en avait assez de vivre dans ce coin perdu.

« Je vais raser toute cette forêt, et il ne restera pas un seul caillou intact. Ça fait quarante ans que je bêche ces marais, j'ai passé ma vie à faire ça, et voilà le résultat : une exploitation qui meurt, des terres qu'on ne me laisse même plus cultiver depuis quelques années ! Eh bien, puisque c'est comme ça, on va foutre en l'air toute cette saloperie ! »

Taavetti Rytkönen, enthousiasmé par ce projet, voulut participer au saccage de l'exploitation. Le spectacle serait grandiose ! Comme pendant la guerre, quand ils étaient partis avec les chars à l'assaut de la Carélie orientale et qu'ils avaient anéanti par le feu des villages entiers. C'était une occasion de raser plus d'une centaine d'hectares de leur chère patrie, et cette fois ils n'avaient plus à craindre la contre-offensive de l'artillerie adverse. Oui, dans une telle entreprise de destruction, Rytkönen aiderait très volontiers son camarade.

Ils réfléchirent quelques instants aux aspects juridiques du projet.

Heikki Mäkitalo frappa rageusement du poing sur la table. Il estimait qu'il avait le droit de faire tout ce qu'il entendait sur sa propriété. Il était temps d'éclaircir sa relation avec la société finlandaise. Il avait défendu ce pays, il avait cultivé ses terres, et qu'avait-il obtenu en récompense de ses peines ? Rien d'autre que du mépris ! Puisque la société n'avait rien à lui donner, elle n'aurait bientôt plus rien à lui prendre non plus.

« Ce sera ma dernière action. Tout raser. Je vais régler mes comptes avec l'État finlandais. »

Mäkitalo grogna encore que, si les Américains avaient le droit de bousiller le golfe Persique, rien ne pourrait l'arrêter lui non plus. Et il n'avait pas l'intention de quémander des résolutions aux Nations unies pour couvrir ses actes.

Rytkönen fit observer que des défenseurs de l'environnement pourraient se pointer sur les lieux au plus fort du carnage. Ils risqueraient d'appeler la police ou de s'enchaîner au tracteur pour les empêcher de continuer. On verrait arriver une équipe de télévision et des journalistes. Ça serait un peu gênant.

Mais Heikki Mäkitalo avait tout prévu. Il avait un projet de brûlis pour une zone sur laquelle il avait coupé tous les arbres l'automne précédent et qu'il avait préparée pour le brûlage avec l'inspection forestière. Les souches fumantes n'attireraient pas l'attention s'il déclarait en temps voulu que tout était normal, que ce n'était qu'un simple brûlis destiné à régénérer la forêt. Il prendrait tout de même soin de couper le chemin à la dynamite avant le début des opérations. Son plan de bataille avait été établi de façon particulièrement minutieuse, rien n'était laissé au hasard.

Rytkönen lui demanda combien de temps prendrait, selon lui, l'anéantissement de son domaine. Il avait mis quarante ans à le construire, combien en faudrait-il pour le détruire ?

Mäkitalo estimait que tout serait fini en une semaine, peut-être même en cinq jours, si les opérations se déroulaient comme prévu, et surtout si Rytkönen lui apportait son aide.

« Il faudra peut-être éloigner le docteur Sorjonen avant de se mettre à l'ouvrage », réfléchit ce dernier.

Mäkitalo reconnut que l'on n'avait pas besoin de médecin : il ne serait pas d'un grand secours pour ce genre de boulot.

« Et le bétail ? Tu as bien une dizaine de taureaux dans l'étable ? On n'aura pas le temps de tous les abattre, et d'ailleurs où on mettrait la viande ? Et les centaines de litres de sang ? »

Heikki Mäkitalo monta au grenier et en rapporta un large collier en cuir auquel était fixé, avec du ruban adhésif résistant aux intempéries, un boîtier en plastique de la taille d'un paquet de cigarettes.

« C'est un émetteur de radio miniature. Les piles devraient durer jusqu'à l'automne. On va accrocher ça au cou du taureau de tête et on enverra tout le troupeau pâturer dans la nature pour l'été. On ne va tout de même pas tuer des bêtes irréprochables au début de l'été, comme ça, sans raison. On va les laisser courir librement dans les forêts et les prairies pour une saison encore. Après, quand la chasse à l'élan sera ouverte, j'ai pensé les abattre au fusil. Avec une radio portable, on devrait pouvoir les retrouver assez facilement. »

La fermière revint du sauna, toute rouge et d'humeur joyeuse. Elle prépara du café, qu'elle servit accompagné de brioches. En voyant que son mari montrait à Rytkönen les cartes de l'exploitation, elle marmonna que ce serait drôlement bien si on pouvait anéantir en même temps toute la région. Elle expliqua qu'elle en avait assez de ces forêts perdues, et de devoir encore à son âge patauger dans la gadoue et pelleter de la bouse de vache. Elle attendait avec impatience le moment de commencer le saccage. Elle aussi en avait par-dessus la tête de l'agriculture. Et puis l'exploitation, ils l'avaient développée ensemble, alors c'était normal qu'ils la détruisent aussi ensemble.

Taavetti Rytkönen promit d'aider Mäkitalo à brûler le domaine et à faire sauter les bâtiments les plus solides.

« On vous mettra sûrement en prison pour ça, ou au moins dans un asile de fous, estima la fermière.

— Ça ne nous fait plus peur », rugirent les deux vieillards.

Heikki Mäkitalo, comme pour confirmer sa décision, frappa du poing sur la table, si fort que la tête d'élan clouée au mur se détacha et tomba à grand fracas sur le plancher. Un nuage de sciure s'éleva dans les airs et l'on entendit des couinements affolés : dans le trophée se trouvait un nid de souris. Les souriceaux coururent à toute allure sur le plancher à la recherche d'un endroit où s'abriter.

Heikki Mäkitalo enleva l'intérieur du crâne et vit que la maman souris avait aménagé pour ses petits un joli nid. Elle avait dû grimper par le câble d'alimentation du plafonnier. Et là-haut, elle élevait ses petits et poussait des gémissements depuis plusieurs années.

« Tu vois, dit Mäkitalo à sa femme, je t'avais bien dit que ce n'était pas l'élan qui faisait ce bruit. »

La fermière porta le lourd trophée derrière l'étable, l'arrosa de térébenthine et y mit le feu. Dans la pénombre bleutée du crépuscule, ils le regardèrent brûler par la fenêtre. Il ne resta bientôt plus qu'un crâne blanc. Anna Mäkitalo déclara qu'elle ne s'était jamais habituée à cet animal. Non seulement il gémissait, mais en plus il avait un regard mauvais. Elle avait toujours l'impression qu'il la considérait d'un air de reproche dès qu'elle lui tournait le dos. Par exemple, il lui semblait qu'il regardait fixement la vaisselle sale lorsque celle-ci s'accumulait plus que de coutume dans la cuisine.

14

Seppo Sorjonen s'éveilla au matin dans la fraîcheur de la remise. Il étira longuement ses membres et essaya de se rappeler où il était. Il se trouvait dans une petite pièce au plafond de planches, dans des draps propres, sous une couette en patchwork. De l'autre côté du mur, on entendait des ronflements. Il regarda par la fenêtre ornée de rideaux à carreaux rouges et blancs et se souvint qu'il était avec Taavetti Rytkönen, quelque part en Ostrobotnie, qu'il avait dormi dans la remise de Heikki Mäkitalo. Il s'habilla et alla au puits, où il tira de l'eau qu'il but à même le seau.

On entendait dans l'étable le cliquetis des chaînes et les meuglements matinaux des taureaux. Sorjonen observa les environs : les sapins ombreux derrière la maison, les vieilles machines rouillées à côté de l'étable, l'espace dégagé du champ un peu plus loin et, derrière, le marais sinistre et vaste. La grange de battage aux murs gris. La ligne électrique. Le ciel était couvert : on allait avoir de la pluie. Sorjonen songea qu'il devrait retourner à Helsinki. Ce voyage inutile avec un vieillard inconnu lui apparaissait comme un enfantillage. Il devait payer son loyer et chercher du travail. À vrai dire, il pourrait aussi bien se marier tout de suite avec Irmeli. L'été était si beau qu'il aurait fallu en profiter. Mais pour l'instant, les jours semblaient passer sans qu'il s'en rende compte. Bien que les étés soient souvent beaux, on en profite rarement, car on n'en a pas le temps. L'été finlandais est trop court, trop froid et trop pluvieux pour procurer de grands plaisirs.

Sorjonen aida Mäkitalo à mener les taurillons paître dans le champ. Dix têtes. Mäkitalo déclara fièrement qu'ils atteindraient bientôt leur poids d'abattage. Mais le prix payé aux éleveurs était une misère. Selon lui, c'était offenser les bêtes que de les nourrir avec du fourrage hors de prix, de les laisser grandir et s'engraisser pour devoir ensuite les tuer presque pour rien.

Pendant le petit déjeuner, Taavetti Rytkönen annonça avec précaution à Sorjonen que ses hôtes lui avaient proposé de prolonger un peu son séjour et qu'il souhaitait profiter de l'hospitalité de Mäkitalo pendant environ une semaine.

Sorjonen accueillit la nouvelle avec satisfaction et annonça qu'il allait partir pour Helsinki où il avait quelques affaires à régler. Il demanda à la maîtresse de maison si elle consentirait à lui donner un pain de seigle frais pour apporter à sa petite amie Irmeli Loikkanen, qu'il avait l'intention de demander en mariage. Il promit de revenir chercher Rytkönen dans une semaine, si celui-ci était d'accord.

La fermière écrivit une lettre à sa sœur à Kälviä, pour lui annoncer qu'elle viendrait s'installer chez elle dans quelques jours, en compagnie de son mari. Elle demanda à Sorjonen de la poster au passage à Lestijärvi. Avant de partir, ce dernier fit promettre à Rytkönen de rester chez Mäkitalo pendant cette semaine. Il ne devait surtout pas aller se promener seul dans la forêt, ni sur la route. Il fallait aussi renoncer à toute excentricité.

Les fermiers promirent de veiller sur leur invité.

« Le docteur peut être tranquille. Ici, dans les bois, on mène une vie vraiment paisible. »

Anna Mäkitalo plaça dans la voiture de Sorjonen, à l'intention de sa fiancée, du pain de seigle maison, de l'épaule de bœuf fumée et cinq litres d'airelles rouges. Elle lui donna également un châle qu'elle avait tricoté elle-même : cela ferait sûrement plaisir à sa demoiselle, là-bas, à la ville.

Taavetti Rytkönen voulut quant à lui offrir son vieux moulin à café, il pensait qu'Irmeli apprécierait. Mais Sorjonen ne voulut pas accepter cette antiquité, trop précieuse selon lui.

Dès que la voiture eut disparu derrière le premier virage du chemin qui conduisait au village, les fermiers et le conseiller-géomètre commencèrent à mettre à exécution la grandiose opération de saccage de l'exploitation. On donna à Rytkönen de vieilles guenilles. On lui trouva également des bottes montantes en caoutchouc et des gants de travail.

À compter de ce jour, la maîtresse de maison cessa de laver la vaisselle : elle se contentait d'ouvrir la trappe de la cave, sur le plancher de la pièce commune, et y jetait directement les tasses à café et les assiettes après usage. On entendait alors le joli bruit de la vaisselle qui se brisait. Elle alla chercher leur drapeau finlandais, sortit dans la cour et le hissa au sommet du mât. Elle voulait par ce geste souligner le caractère solennel et définitif de leur décision d'anéantir le domaine. Si pendant toutes ces années ils n'avaient guère eu d'occasion de hisser les couleurs sur cette exploitation sinistre, aujourd'hui ils en avaient une, et ce serait la dernière.

Taavetti Rytkönen était très impatient de commencer à tout casser. Le fermier modéra l'ardeur de son invité en lui expliquant qu'il fallait d'abord téléphoner aux pompiers et à l'inspection forestière. Il les informa que le moment était venu de procéder au brûlis pour lequel il avait obtenu une autorisation l'automne dernier. Sur son exploitation, enregistrée au cadastre sous le numéro 1 : 250 et sous le nom « Mon bonheur », s'élèverait bientôt de la fumée, peut-être jusqu'à la fin de la semaine. Les pompiers notèrent l'information dans leurs dossiers et promirent d'avertir également l'avion d'observation.

Les responsables de l'inspection forestière demandèrent à Mäkitalo s'il avait besoin d'une assistance professionnelle pour le brûlis. Il leur répondit qu'il avait déjà trouvé une personne compétente pour l'aider.

Il fut décidé que la fermière s'occuperait de choisir et d'emballer les objets qui devaient être épargnés. Chez sa sœur, à Kälviä, ils n'auraient pas besoin de grand-chose, et si Mäkitalo devait aller à la maison de retraite, il ne lui faudrait que ses menues affaires personnelles, comme son rasoir, son beau costume et ses pantoufles. Anna demanda s'il fallait emballer aussi le fusil de chasse accroché au mur au-dessus du canapé Mäkitalo décida de le graisser et de le cacher avec les cartouches dans une fourmilière ; à l'automne, ils en auraient besoin pour chasser les taureaux.

Il conduisit Taavetti Rytkönen à la cave aux pommes de terre, creusée dans une petite éminence entre le bâtiment principal et l'étable. La porte était soigneusement fermée à clé. À l'intérieur, outre plusieurs tas de légumes moisis et de patates vieilles de plus d'un an, se trouvaient trois caisses en bois. Mäkitalo en ouvrit une. Elle était pleine de bâtons de dynamite. La seconde contenait des grenades et la troisième du T.N.T. Sur une étagère étaient posés plusieurs rouleaux de cordeau Bickford et quelques boîtes de détonateurs.

Taavetti Rytkönen voulut savoir comment Mäkitalo avait réussi à se procurer des explosifs aussi puissants en pareille quantité. Le fermier répondit qu'il avait obtenu le T.N.T. et le cordeau Bickford grâce à un copain qui était adjudant-chef au camp de tir de Lohtaja. Le reste, n'importe quel paysan avait le droit de l'acheter directement au magasin, pour faire sauter les souches et les rochers.

Taavetti Rytkönen fut chargé de préparer quelques bonnes charges explosives pour détruire les ponceaux du chemin, le puits, la cave et divers autres trucs. Les deux hommes traînèrent les caisses dans la cour. Rytkönen commença à couper avec des pinces des morceaux de cordeau Bickford et à y fixer des détonateurs. La manipulation de ces matières dangereuses lui rappelait agréablement le bon vieux temps. Il y avait des années qu'il n'avait plus eu l'occasion de toucher des explosifs. Dans son travail de géomètre, il avait eu parfois besoin de faire sauter de petits rochers, mais aujourd'hui ça allait péter beaucoup plus fort !

Heikki Mäkitalo et sa femme emmenèrent le troupeau paître dans un coin du champ supérieur et accrochèrent l'émetteur de radio autour du cou d'Eemeli, le plus gros taureau. Celui-ci n'avait guère envie qu'on lui mette ce nouveau collier, mais il finit par se laisser faire lorsque la fermière lui tapa sur le museau. Ils conduisirent ensuite les bêtes dans le champ inférieur, qui n'était pas visible depuis la maison. Mäkitalo alla chercher dans la salle son poste de radio portable et entreprit de le régler sur la longueur d'onde du taureau. C'était un travail de précision. Lorsqu'il commença à entendre des signaux aux intervalles voulus, il demanda à sa femme d'aller dans le champ inférieur et de chasser le troupeau d'un côté à l'autre de l'enclos. Il plaça le récepteur sur le couvercle du puits et tourna l'antenne conformément aux indications des signaux. Le système permettait de savoir dans quelle direction allaient les bêtes. L'essai était tout à fait concluant. La fermière revint dans la cour, trempée de sueur, et déclara que c'était la dernière fois de sa vie qu'elle menait paître ces queues crottées. Ces sales bestioles avaient essayé de la pousser dans le fossé !

Ces diverses activités les occupèrent toute la matinée. Puis ils passèrent à table. Anna Mäkitalo puisa largement dans le congélateur et fit cuire plusieurs kilos de viande et de pommes de terre. Même le chat s'empiffra jusqu'à la nausée. Pourtant, il resta encore de la viande pour emporter à Kälviä.

Dans l'après-midi, Mäkitalo fit rouler dans la cour un tonneau d'essence de deux cents litres qui était entreposé dans le hangar aux machines attenant à l'étable. Au fil des années, il avait accumulé des dizaines de bidons d'huile vides en prévision de ce jour. Il commença à y répartir l'essence. Quand un bidon était rempli, il allait le placer derrière l'étable. Une fois le tonneau vide, il le fit rouler jusque dans la forêt et y mit le feu en tirant dessus au fusil de chasse. Le tonneau explosa au milieu des pins avec un bruit infernal.

Taavetti Rytkönen avait lui aussi bien travaillé. Il avait préparé plus d'une dizaine de charges. Ils en placèrent une partie sous le pont qui enjambait le Fossé-boueux : lorsqu'ils déclencheraient la mise à feu, l'accès routier à la ferme de Mäkitalo serait coupé. Les autres charges furent placées sous les ponceaux du chemin forestier et des chemins d'exploitation, qui étaient au nombre de six. Pour des raisons de sécurité, ils ne jugèrent pas opportun, à ce stade, de miner la cour.

La fermière brûla toute la soirée de vieilles nippes derrière la cave. Elle jeta au feu les vieux tapis, les chiffons, les vêtements qu'elle mettait pour travailler à l'étable et sa robe de mariée mangée aux mites. Elle jeta par-dessus des seaux à traire aux planches disjointes, des tabourets de vachère, un vieux rouet et une baratte avec son baraton.

Le soir, les hommes édifièrent un barrage sur le cours supérieur du Fossé-boueux avec la benne du tracteur. L'eau commença à monter et à dévaster les bois situés du côté du village.

Avant d'aller se coucher, ils mirent encore le

feu au fenil du champ inférieur. Les destructeurs consciencieux restèrent assis longtemps dans la lueur de l'incendie, jusqu'à ce que la fatigue les gagne. Les taureaux effrayés observaient depuis l'extrémité du champ le bâtiment en flammes, sans rien comprendre aux événements de la journée.

Au petit matin, le jeune et prometteur chanteur de rock Masa « Heavy » Holopainen, de Lestijärvi, explorait les ondes courtes sur son poste de radio, en compagnie de son ami Leksa « Lord » Matikainen. Les deux garçons avaient envie d'écouter du hard rock bien vibrant sur des stations européennes, passe-temps auquel ils se livraient depuis plusieurs années. Ils faisaient partie d'un groupe de Lestijärvi qui avait remporté un succès mémorable lors des épreuves de présélection du concours de rock des régions marécageuses d'Ostrobotnie : ils s'étaient brillamment classés parmi les dix premiers.

Le point d'orgue de leur audition nocturne eut lieu lorsqu'ils entendirent à la radio, mêlé au rugissement de la musique, un bip-bip obstiné, tantôt plus faible, tantôt plus net, selon la direction dans laquelle Eemeli, le chef du troupeau de Mäkitalo, tournait la tête à la lueur des flammes.

15

La matinée de Taavetti Rytkönen commença par un sérieux exercice de mémoire. Il se rappelait parfaitement qui il était, mais immédiatement après son réveil rien d'autre ne lui vint à l'esprit. Il sortit péniblement de la remise, alla faire son pipi du matin derrière le coin du bâtiment et regarda son engin avec étonnement. Il se trouva plutôt viril.

La cour de la ferme lui paraissait familière, mais elle ne ressemblait pas à celle de chez lui. Sur l'escalier de l'étable dormait un chat qu'il n'avait jamais vu. Lorsqu'il entra dans la maison, une femme robuste lui servit du café ; il la connaissait certainement, mais qui était-ce ? Ce n'est que lorsque Heikki Mäkitalo sortit de la chambre en attachant ses bretelles aux boutons de son pantalon que la mémoire lui revint : c'était son compagnon d'armes ! Bon sang, comme il avait vieilli ! En buvant son café, il retrouva d'autres souvenirs. Hier, ils avaient brûlé une grange. Formidable ! Il se souvenait bien, il devait juste réfléchir posément et laisser son cerveau travailler.

Rytkönen se souvenait aussi de Sorjonen. Devait-il aller réveiller le docteur pour le déjeuner ? Il se sentit un peu penaud lorsque ses hôtes lui expliquèrent que Sorjonen était parti la veille pour Helsinki, qu'il reviendrait seulement à la fin de la semaine et que, d'ici là, ils auraient eu le temps de détruire toute l'exploitation.

« Ah oui, c'est vrai. Décidément, ma mémoire n'est plus ce qu'elle était. »

Aussitôt après le petit déjeuner, ils se remirent au travail. Ils sortirent du hangar aux machines le lourd tracteur à quatre roues motrices — un vieux Deutz. Mäkitalo expliqua fièrement que le moteur faisait cent cinquante chevaux et était encore en parfait état. Il pouvait tirer sans problème une charrue à quatre socs.

Ils fixèrent à l'arrière un crochet de levage avec lequel ils entreprirent d'arracher le couvercle en béton du puits. La dalle ronde s'effrita, craqua, et fut obligée de se rendre. Ils poussèrent les gravats dans le puits. La fermière demanda à Rytkönen de l'aider à sortir la télé de la salle. Ils jetèrent également au fond du puits une dizaine de bidons à lait rouillés et divers autres objets en métal, comme un hache-paille déglingué, un séparateur, l'aspirateur et le four à micro-ondes. Ils placèrent ensuite la benne sur le tracteur et Mäkitalo puisa dans la fosse à purin plusieurs mètres cubes de fumier qu'il déversa dans le puits. Ils parachevèrent leur œuvre en jetant sur le fumier une vieille meule à aiguiser, un établi et une machine à traire.

Pendant que Taavetti Rytkönen préparait de nouvelles charges avec le reste des explosifs, Mäkitalo partit détruire les surfaces cultivables. Il attacha derrière son tracteur une grosse charrue à deux socs et commença à creuser en travers du champ supérieur des fossés d'une profondeur impressionnante. Les anciens fossés se remplissaient de boue, le massacre était effrayant à voir. De nouvelles tranchées apparaissaient au hasard, ici et là, espacées d'une dizaine de mètres. Le champ fut bientôt dans un tel état qu'on l'aurait dit dévasté par un tremblement de terre. Ce travail occupa le patron toute la matinée. Lorsqu'il retourna dans la cour, son visage rayonnait d'une joie mauvaise.

Ils firent ensuite un copieux repas. Le matin, Anna avait mis en réserve, dans un bidon à lait, de l'eau en quantité suffisante pour la semaine. Dans un autre bidon se trouvait de la bière maison. Ils avaient également porté de l'eau au sauna.

Dans l'après-midi, Mäkitalo saccagea le champ inférieur. Il fit sortir les taureaux de l'enclos électrifié et les chassa vers le sud en direction des grandes zones marécageuses, où ils s'éloignèrent en meuglant. Il enfonça le fil de fer de la clôture dans la boue du canal de drainage et, pour finir, abattit les piquets sur deux ou trois cents mètres.

Ils allèrent ensuite tous ensemble observer la progression de l'inondation dans le nord de l'exploitation. L'eau avait monté de plus d'un mètre. Ils disposaient maintenant de leur propre bassin de régulation. Avec le tracteur, ils ouvrirent le barrage qu'ils avaient édifié la veille sur le Fossé-boueux et laissèrent une bonne centaine de tonnes d'eau déferler sur les terres. Les flots arrachèrent les arbres qui poussaient dans le coin du champ supérieur et les entraînèrent avec leurs racines jusque dans le champ inférieur. Ils allèrent contempler le spectacle avec le tracteur. C'était grandiose ! On voyait dépasser çà et là les vestiges de la grange incendiée la veille et des souches déchiquetées par l'inondation. Lorsque les remblais des nouveaux fossés creusés par Mäkitalo s'effondrèrent, des murailles de boue se formèrent par endroits, avant de se transformer en larges plaques. L'inondation abattit sur son passage la grange du champ supérieur et emporta cinq cents mètres de vieille clôture. Les pieux à foin et la râteleuse mécanique formèrent un gros tas à la limite de la propriété, dans le lit du Fossé-boueux.

Le chaos était total. Taavetti Rytkönen avait envie d'applaudir, mais il se retint en lisant dans les yeux de ses hôtes la ferveur que seul un paysan finlandais peut éprouver en regardant ses champs, quel que soit l'état dans lequel ils se trouvent.

Le barrage du Fossé-boueux fut rebouché et rehaussé. Mäkitalo pensait que la montée des eaux atteindrait à la fin de la semaine des proportions bibliques.

Pendant la journée, la fermière emballa toutes les affaires en vue du déménagement. Elle entassa sur la remorque du tracteur plusieurs cartons et balluchons, ainsi que le sac de voyage et le moulin à café de Rytkönen. Il y avait là tout ce que les fondateurs du domaine avaient l'intention d'emporter, en souvenir de quarante années de labeur.

Le soir, Heikki Mäkitalo et Taavetti Rytkönen commencèrent à s'occuper des machines qui ne leur serviraient plus pour la suite du saccage. Ils décidèrent de les transporter au-delà du champ inférieur, dans l'embouchure du Fossé-boueux, et de les laisser s'enfoncer dans les marais sans fond. C'est ainsi que finirent leurs jours une faucheuse-broyeuse en parfait état, une charrue à quatre socs, une herse autorotative, une herse roulante, une semeuse, une épandeuse d'engrais, une faucheuse hors d'usage et une râteleuse. Mäkitalo regrettait de ne pas pouvoir noyer aussi la moissonneuse-batteuse commune du village de Sykäräinen, dans laquelle il avait eu autrefois des parts.

Les abreuvoirs des bovins furent arrachés avec le crochet de levage et subirent le même sort que les machines.

Lorsque tout cela fut fait, ils terminèrent leur journée en incendiant la grange du champ supérieur mise à bas par l'inondation. Les poutres bien sèches brûlèrent sans difficulté, bien qu'elles fussent couvertes de boue. Une fumée noire à l'odeur de terre se répandit au-dessus des champs dévastés, en créant une atmosphère chaleureuse qui rappelait les écobuages des siècles passés, dans les vastes étendues d'Ostrobotnie.

Cette journée de destruction bien remplie s'acheva en apothéose avec l'explosion de la cave à pommes de terre. Taavetti Rytkönen avait préparé une charge si forte que le toit de l'édifice fut projeté jusque derrière l'étable et que toute la cour se couvrit de pierres et de gravier. Les pommes de terre et les carottes de l'année précédente furent dispersées jusqu'au barrage du Fossé-boueux, depuis lequel la fermière observait l'explosion. Les anciens soldats s'étaient cachés avec leur rouleau de cordeau Bickford dans les profondeurs de la fosse à purin. Lorsque la terre trembla, une douleur agréable leur traversa la poitrine. Cela rappela à Rytkönen un épisode de la guerre, à Lotinapelto, en 1943, lorsqu'ils avaient fait sauter un dépôt de munitions ennemi.

16

La troisième journée de saccage s'annonçait belle : le ciel était sans nuages et le drapeau finlandais aux couleurs claires flottait dans la cour vouée à la destruction. Taavetti Rytkönen consacra sa matinée à préparer le reste des charges explosives non loin de la cave écroulée. Heikki Mäkitalo discuta avec sa femme à la porte de l'étable. Ils décidèrent de prendre un jour de repos, car il faisait un temps magnifique et ils commençaient à ressentir la fatigue de leurs efforts passés, ce qui était bien normal à leur âge. Les Mäkitalo avaient également remarqué la mauvaise mémoire de Rytkönen.

« Il faut garder l'œil sur Taavetti, pour qu'il ne se fasse pas sauter lui-même par mégarde », déclara Heikki Mäkitalo.

Ils ne restèrent cependant pas tout à fait inactifs. Un fermier finlandais et sa femme ont l'habitude de travailler dur, ils ont le goût de l'effort dans le sang. Dans l'après-midi, Mäkitalo commença à confectionner de petites balles de foin, qu'il enserra avec du fil de fer et imbiba d'essence. Il en fabriqua une bonne centaine. Puis, avec le tracteur, il les transporta dans la forêt et dans les terrains en friche au sud de l'exploitation. Elles feraient des allume-feu parfaits lorsque le brûlage commencerait. Il transporta aussi dans la forêt, par la même occasion, les bidons d'essence qu'il avait remplis.

Taavetti Rytkönen reçut pour mission de dénuder à la serpe les troncs des plus gros pins de la parcelle boisée. Il écorcha autant d'arbres qu'il put et Mäkitalo abattit à la scie à moteur quelques spécimens d'une taille exceptionnelle. Ils allèrent ensuite inspecter le barrage édifié sur le cours supérieur du Fossé-boueux et derrière lequel l'eau montait de façon tout à fait remarquable.

Pour finir la journée, ils incendièrent la grange de battage.

Au matin du quatrième jour de destruction, les vieillards avaient recouvré toutes leurs capacités physiques et souhaitaient ardemment poursuivre leur travail. Après le petit déjeuner, et une fois que l'on eut expliqué à Rytkönen où il était et ce qu'ils avaient accompli les jours précédents, ils entreprirent de brûler les forêts et les friches. Les balles de foin imprégnées d'essence furent disposées en une rangée de cinq cents mètres de long, dans les broussailles et les bruyères facilement inflammables. Lorsque tout fut prêt, ils y mirent le feu. Mäkitalo commença par un bout, Rytkönen par l'autre et la patronne par le milieu. La rangée entière fut bientôt en flammes. Le feu se propagea très vite à la végétation basse, puis aux arbres. Tout avait l'air de marcher comme sur des roulettes. Le temps avait été si sec, en ce début d'été, que la forêt prit feu sans la moindre difficulté. D'épais nuages de fumée furent soulevés très haut par le vent et commencèrent à dériver vers le sud. C'était un spectacle magnifique et infernal. Ils ne purent s'empêcher de s'arrêter un instant pour l'admirer. La patronne déclara qu'elle n'avait jamais vu auparavant un feu de forêt et qu'elle n'aurait pas cru que cela puisse être aussi grandiose.

« On se sent vraiment riche quand on peut au moins une fois dans sa vie incendier sa propre forêt », dit-elle avec émotion.

Dans l'après-midi, un bruit de moteur se fit entendre au-dessus de la zone en feu. Un petit biplan émergea de la fumée. Mäkitalo déclara qu'il devait s'agir de la protection anti-incendie. L'appareil réduisit sa hauteur et commença à décrire des cercles au-dessus des flammes. Le pilote et le guetteur furent apparemment satisfaits de ce qu'ils virent, car l'appareil agita joyeusement ses ailes à l'adresse des destructeurs qui lui faisaient des signes en bas, en lisière de l'incendie. Il poursuivit ensuite son vol d'observation en direction de Lestijärvi.

Le soir, ils étudièrent la carte. Heikki Mäkitalo estimait qu'au cours de la journée, la totalité des friches était partie en fumée ainsi qu'une vingtaine d'hectares de belle futaie. Pendant la nuit, le feu se ralentit, mais ils avaient bon espoir qu'il reprendrait de la vigueur le lendemain matin, lorsque le vent se lèverait. Pour conclure cette journée en tous points réussie, ils incendièrent l'étable et le hangar aux machines.

Au matin du cinquième jour, dès l'aube, ils mirent encore le feu à cinq hectares de forêt. Cela leur fut facile, ils commençaient à avoir de l'expérience.

Heikki Mäkitalo appela la compagnie du téléphone et annonça que l'on pouvait déconnecter sa ligne du réseau. À partir de maintenant, ce n'était plus la peine de lui envoyer des factures. Il appela ensuite le commissariat de police et annonça qu'il allait commencer à faire sauter des pierres et des rochers à la dynamite pour pouvoir construire les fondations d'un futur fenil. Si un voisin téléphonait pour s'étonner du vacarme, inutile de se déranger, c'était normal.

La police de Lestijärvi lui indiqua que quelques habitants du village avaient déjà signalé qu'une épaisse fumée s'élevait de sa ferme et qu'on y entendait des explosions, comme si une guerre avait été déclenchée. Mais il y avait eu d'autres urgences et on n'avait pas encore eu le temps de se rendre chez Mäkitalo pour tirer cela au clair.

« Merci d'avoir prévenu. Et soyez prudent avec les explosifs », lui dit l'agent de garde.

Lequel se fit la réflexion que ce serait en réalité un sacré soulagement si le vieux Mäkitalo se faisait sauter. Il n'avait pas oublié qu'on le soupçonnait d'avoir détruit le refuge que la police de Lestijärvi possédait à Lehtosenjärvi, l'hiver dernier, dans un esprit de vengeance.

Une fois la conversation terminée, Mäkitalo arracha l'appareil du mur et le jeta dans la cave par la trappe. Sa femme y expédia à sa suite quelques plats, et Rytkönen arracha la tapisserie accrochée au-dessus du canapé, qui représentait des faons au bord d'un lac de forêt. Mäkitalo compléta la destruction en cassant les aiguilles de l'horloge murale et en jetant celle-ci dans la cave, où elle sonna ses derniers coups.

Pendant la matinée, ils continuèrent à brûler la forêt. Dans l'après-midi, Mäkitalo emporta les affaires emballées par sa femme vers le village, au-delà du pont sur le Fossé-boueux. Ils firent ensuite sauter les charges que Rytkönen avait placées sous le tablier du pont. Les énormes poutres furent projetées à plusieurs centaines de mètres de hauteur. On en retrouva une dans les braises de l'étable. Heureusement que celle-ci avait été incendiée la veille, sinon son toit aurait certainement été crevé !

La fermière alla chercher le fusil de chasse et resta près du pont détruit pour garder leurs affaires et veiller à ce que les deux hommes puissent poursuivre tranquillement leur travail, sans que personne ne vienne s'en mêler. Heikki Mäkitalo vanta la précision de tir de sa femme. Elle était capable d'atteindre une cigarette à trois cents mètres !

« Moi, ma vue a tellement baissé que même les élans, il faut que je les tire au jugé. »

Ils firent sauter dans la soirée tous les ponceaux qui restaient, sur le chemin forestier comme sur le fossé du champ inférieur. Ils abattirent encore à la scie électrique cinq poteaux. Ç'aurait été trop bête de laisser les fils bourdonner dans le vent alors qu'ils n'avaient plus de téléphone.

Après avoir travaillé dur pendant deux ou trois heures, les deux hommes retournèrent dans la cour et considérèrent leur œuvre avec fierté. L'exploitation était dévastée, les champs couverts d'eau et de boue noire, la forêt brûlait, une épaisse fumée avait envahi les environs.

« Ce spectacle, ça me fait penser à un champ de bataille, dit Taavetti Rytkönen.

— Kontupohja ressemblait un peu à ça après l'invasion », renchérit Heikki Mäkitalo.

Le soir, ils chauffèrent le sauna et libérèrent la fermière de sa mission de surveillance pour lui permettre d'y aller aussi. Ils estimaient que ce n'était pas la peine de garder le chargement pendant la nuit. Dans ces régions reculées, on n'avait pas à craindre les voleurs comme au front.

En sortant du sauna, la patronne réchauffa de la soupe à la viande. Les hommes prirent place à leur tour sur les gradins et firent monter la température très haut en jetant de l'eau sur les pierres. Ils se sentaient à la fois profondément satisfaits et terriblement fatigués. Ils avaient travaillé dur ces derniers jours, mais aussi réalisé beaucoup de choses.

Après, ils burent de la bière glacée et prirent le frais sur l'escalier. Pour finir, ils mirent le feu au sauna. À la chaleur du bâtiment en flammes, ils prirent plaisir à sécher leurs vêtements de travail qui s'étaient imprégnés de sueur pendant la journée. Ils évoquèrent le passé. Anna Mäkitalo raconta qu'elle avait donné le jour à un de ses fils sur ces gradins qui partaient maintenant en fumée. Ils firent cuire dans les braises des pommes de terre et des oignons, qu'ils mangèrent pour le dîner, accompagnés de beurre fondu.

Après avoir recouvert le chargement d'une bâche pour la nuit, ils allèrent se coucher, Rytkönen dans la remise, ses hôtes dans leur chambre. Le chat, que l'incendie de l'étable avait privé de son logement habituel, se faufila entre les décombres et vint se blottir contre le vieux soldat.

17

Un nouveau jour se leva, le sixième et le dernier. Dieu avait créé le monde en six jours ; la ferme de Mäkitalo fut anéantie dans le même laps de temps.

Dès le matin, ils mirent le feu à la remise et au bâtiment principal. Cela fut un jeu d'enfant pour les destructeurs expérimentés qu'ils étaient devenus. Pour des raisons d'intimité, la fermière voulut brûler elle-même ses affaires personnelles, les draps de lit et son trousseau. Les hommes le comprirent fort bien et incendièrent pendant ce temps le bâtiment principal. Les flammes s'élevèrent jusqu'à cent mètres de hauteur.

À Helsinki, Seppo Sorjonen consacra la semaine à régler ses menues affaires. Il paya son loyer et ses factures, ouvrit son courrier, passa quelques coups de téléphone. Un célibataire n'a guère d'affaires courantes, ou s'il en a, elles courent avec lui.

À la fin de la semaine, il demanda Irmeli Loikkanen en mariage. La réponse fut positive, mais la jeune femme voulait repousser la cérémonie à l'automne. Cela lui paraissait plus honnête. On ne pouvait pas savoir comment l'opération se passerait. Si elle échouait, Sorjonen risquait de se retrouver veuf immédiatement et Irmeli ne voulait pas que leur mariage débute de cette façon.

Les fiançailles furent célébrées à Brännvinskobben, au large d'Helsinki. Ils s'y rendirent avec un bateau qu'un chauffeur de taxi ami put louer à un bon prix. Quelques employées de l'entreprise où travaillait Irmeli participèrent à la fête. Elles préparèrent du café et servirent les bonnes choses de la campagne envoyées par Anna Mäkitalo. On dansa sur la petite île, on mangea de la viande de bœuf fumée, on fit griller du pain de seigle et on dégusta une boisson préparée à partir des airelles cueillies par Anna et dont le second ingrédient était de l'eau-de-vie. La mer était bonne, les jeunes gens se baignèrent et profitèrent de l'été. Tout en nageant, Sorjonen admirait sa fiancée debout sur un rocher en pente. Le fait qu'Irmeli avait une jambe légèrement plus courte que l'autre paraissait tout à fait naturel : sur ce plan incliné, elle se tenait bien droite. Avec ses cheveux blonds qui flottaient dans le vent marin, Sorjonen trouvait qu'elle ressemblait à une carte postale en couleurs d'une jeune fille finlandaise d'autrefois, à cette différence près qu'elle ne portait pas de costume folklorique.

Après les fiançailles, Irmeli reprit le travail. Comme Sorjonen n'avait plus rien à faire à Helsinki, il décida de retourner en Ostrobotnie pour voir ce que devenaient les vieux.

Lorsqu'il arriva à Sykäräinen avec sa voiture de location, tout le village était envahi par la fumée. Il demanda aux villageois à quel endroit le feu s'était déclenché.

On lui expliqua que Mäkitalo avait commencé à brûler ses parcelles de forêt. Ces derniers jours, le vent avait apporté de là-bas d'épais nuages de fumée, et on avait entendu de violentes explosions. La terre avait tremblé jusqu'à Sykäräinen.

Quand il expliqua qu'il se rendait justement chez Mäkitalo, on lui conseilla vivement d'y renoncer. On soupçonnait le vieux d'être devenu fou.

« On a même appelé les flics, mais ils disent que Mäkitalo fait exploser des souches. Ils n'osent même pas y aller, ils ont peur qu'il leur tire dessus s'ils commencent à mettre le nez dans ses affaires. Le commissaire de Lestijärvi est un froussard et un incapable, et ses agents ne valent pas mieux que lui. »

En proie à de sombres pressentiments, Seppo Sorjonen poursuivit sa route vers la ferme de Mäkitalo. Plus il approchait, plus la fumée devenait épaisse. Il dut allumer ses feux de brouillard, bien qu'il fît un beau soleil.

Un peu avant d'arriver à la ferme, il fut obligé de s'arrêter. En travers de la route se trouvait une remorque de tracteur qui contenait un chargement dissimulé sous une bâche. Une semaine plus tôt, à cet endroit, une solide passerelle enjambait le ruisseau.

Mais le chemin avait été coupé à l'explosif. Des rondins avaient été projetés çà et là dans la forêt.

Derrière le fossé, une vieille femme noire de suie, un fusil entre les mains, sortit des bois et s'avança. Elle braqua son arme sur Sorjonen, toujours assis dans la voiture.

« Stop ! Qu'est-ce que vous venez faire par ici ? »

Sorjonen reconnut à grand-peine Anna Mäkitalo. Elle paraissait fatiguée, ses cheveux étaient en désordre et elle avait un aspect plutôt sauvage. Elle baissa son arme, un peu gênée.

« De loin, je t'avais pris pour un policier. »

Guidé par la fermière, Sorjonen traversa le Fossé-boueux. Ils marchèrent un moment le long du ruisseau, en direction du cours inférieur. L'eau était très haute. Après quelques méandres apparut un barrage de terre sur lequel travaillait le vieux Deutz de Mäkitalo équipé de la pelleteuse. Le patron était au volant et Rytkönen lui donnait des instructions par gestes.

« Ils préparent la dernière inondation », expliqua la fermière à Sorjonen, en lui criant dans les oreilles pour se faire entendre malgré le bruit du moteur.

La pelle du tracteur s'enfonça profondément dans le barrage et remonta une grande quantité de boue. L'eau s'engouffra aussitôt par la brèche ainsi ouverte. Elle creusa dans la muraille de boue un fossé qui s'élargit rapidement, notamment grâce aux coups de pelle de Mäkitalo. Bientôt, tout le barrage se brisa et des flots bouillonnants se mirent à déferler vers l'aval. Mäkitalo retourna sur la berge en marche arrière, juste à temps pour échapper au raz de marée. Rytkönen, Anna et Sorjonen vinrent observer l'inondation. Sorjonen était atterré par cette destruction absurde, mais les autres paraissaient se réjouir comme des enfants de leur torrent artificiel qui recouvrait l'exploitation.

Ils emmenèrent Sorjonen contempler le spectacle effrayant du domaine saccagé. Ils lui montrèrent les décombres fumants, les champs envahis par les flots, les forêts brûlées, les ponceaux détruits à la dynamite et les poteaux téléphoniques abattus. On aurait dit qu'un tremblement de terre s'était produit, ou qu'un géant furieux et pris de folie avait tout dévasté. Sorjonen regarda les trois vieux d'un air consterné : avaient-ils perdu l'esprit ? Pourquoi avaient-ils fait cela ? Est-ce que quarante années de travail acharné ne méritaient pas de mieux se terminer ? Il regretta d'avoir laissé Rytkönen seul avec les deux Mäkitalo. Peut-être le massacre n'aurait-il pas eu lieu si une personne saine d'esprit avait été là.

Mäkitalo n'essaya pas de lui expliquer les raisons qui l'avaient poussé à détruire son exploitation. Il se contenta de dire :

« Taavetti nous a apporté une aide irremplaçable. Je te suis très reconnaissant de nous avoir amené mon vieux camarade pour nous aider. »

Tout était accompli. La propriété était entièrement détruite. Les affaires personnelles des fermiers attendaient sur la remorque, sur le chemin de Sykäräinen. Ils allaient maintenant se rendre en tracteur à Kälviä, chez la sœur d'Anna. Mais avant cela, ils devaient encore enterrer le fusil dans une fourmilière. Ils y cachèrent également une centaine de cartouches. Quoi d'autre ?

« Le chat ! On a failli oublier le chat ! » s'écria Heikki Mäkitalo.

Ils se mirent tous ensemble à sa recherche, en espérant qu'il n'avait pas brûlé avec les bâtiments. Ils partirent chacun de leur côté dans les bois proches de la cour. Impossible de trouver l'animal au milieu de la fumée. Il ne restait plus sur la propriété le moindre endroit où le chat effrayé par les explosions et les incendies aurait pu se réfugier.

Au bout d'une bonne heure, ils finirent par le découvrir sur le toit du transformateur électrique, au bord du chemin qui conduisait au village. Mäkitalo n'avait pas fait sauter le transformateur parce qu'il n'était pas situé sur ses terres et qu'il ne lui appartenait pas ; il était propriété de la compagnie d'électricité. Il avait un peu regretté sa décision de l'épargner, contre l'avis de Rytkönen. À présent, ils se réjouissaient d'avoir laissé intact ne fût-ce qu'un petit îlot au milieu de ce paysage de ruines et d'inondation. Les chats sont des animaux intelligents. Celui-ci avait compris que le transformateur était le meilleur abri possible et qu'il pourrait de là observer en toute sécurité le saccage qui se déroulait sur la terre ferme. Il miaulait maintenant sur le toit sans oser descendre. On eut beau l'appeler, rien n'y fit.

Ils n'avaient pas le cœur de le laisser là-haut. Les taureaux avaient été envoyés en libre pâture pour l'été. Pourquoi le chat serait-il abandonné sans soins au milieu des décombres fumants? Non, c'était hors de question!

Aller le chercher dans son refuge ne fut pas une mince affaire. Toutes les échelles avaient été brûlées et il ne restait plus d'outils pour en fabriquer une nouvelle. Ils trouvèrent toutefois sous la bâche, parmi les affaires qu'ils comptaient emporter, une corde solide avec laquelle ils confectionnèrent un lasso et qu'ils parvinrent à arrimer à un isolateur. Mais le chat cracha en direction de la corde et ne descendit pas.

Seppo Sorjonen se porta volontaire pour aller le chercher, mais Heikki Mäkitalo s'y opposa. Il déclara que l'animal était sous sa responsabilité. En outre, l'escalade d'un transformateur haute tension était dangereuse, et sa vie était moins précieuse que celle d'un docteur en médecine.

Rytkönen affirma lui aussi qu'un simple chat ne valait pas qu'on sacrifie un médecin, dès lors qu'ils avaient d'autres sauveteurs potentiels sous la main.

Heikki Mäkitalo escalada donc le transformateur à l'aide de la corde. Pour son âge, il était extraordinairement souple. Il se mit debout sur le toit, prit le chat dans ses bras et le caressa pour le rassurer. Puis il le lança sur le sol. Surpris, l'animal essaya aussitôt de s'enfuir dans la forêt fumante, mais la fermière vigilante parvint à l'intercepter.

Tout aurait été pour le mieux si Mäkitalo n'avait pas malencontreusement lâché la corde en redescendant et ne s'était raccroché de la main à la ligne électrique. On entendit un terrible craquement et le vieil homme atterrit lourdement au pied du transformateur, tandis que de la fumée s'échappait de son bleu de travail.

« Fémur cassé : fracture ouverte du deuxième degré », constata le docteur Sorjonen d'un air sombre.

Le transformateur avait pris feu, mais nul ne s'en souciait : toute l'exploitation était déjà détruite. Ils portèrent Mäkitalo sur la remorque du tracteur. Il ne se plaignait pas outre mesure, c'était un Finlandais courageux, qui gardait pour lui ses souffrances. Il était suffisamment conscient pour arriver à articuler :

« J'ai senti comme un éclair brûlant qui me parcourait le corps des mains jusqu'aux pieds ; il a dû me traverser, sinon je ne serais pas tombé. »

Sur les manches de la combinaison de travail et sur les chaussures, ils découvrirent des traces de combustion. Le courant à haute tension avait traversé le corps de Mäkitalo. Le côté positif de la chose était que la forte décharge électrique compensait la douleur causée par la fracture. Seppo Sorjonen se souvint malgré lui de l'ouvrage de psychiatrie qu'il avait lu, et notamment de l'utilisation des chocs électriques pour le traitement des troubles mentaux.

Pendant qu'il confectionnait une éclisse pour le membre blessé avec une vieille quenouille trouvée dans le chargement, Anna Mäkitalo amena le tracteur de l'autre côté du Fossé-boueux et, aidée de Rytkönen, accrocha la remorque. Sorjonen alla fermer les portes de sa voiture. Le chat fut confié à Rytkönen. La fermière, depuis le siège du conducteur, cria :

« Accrochez-vous les gars, on part ! »

Et le tracteur se mit à avancer, dans un grand nuage de poussière, à travers le paysage enfumé. Le départ fut si brusque que le moulin à café tomba de la remorque. Le cadeau offert par Leena Niemelä à son bien-aimé termina sa course dans le fossé. Ils roulèrent à fond la caisse jusqu'à l'église de Lestijärvi, où ils arrivèrent une demi-heure plus tard. La fermière fit entrer le tracteur vrombissant dans la cour du centre de soins, se gara en marche arrière devant la porte du service d'hospitalisation et sauta à terre. Elle se rua dans le bâtiment et en ressortit bientôt accompagnée d'un médecin en blouse blanche et de deux infirmières. Le blessé n'avait guère envie de prendre place sur une civière. Il tenta de protester.

« Non, non, je vais marcher sur une seule jambe... »

On l'emmena à l'intérieur. Il ne perdit pas connaissance, se plaignit seulement de s'être un peu sali pendant le brûlage et s'excusa de se présenter dans cet état chez le médecin.

« Vous comprenez, on n'a pas eu le temps de prendre rendez-vous. »

On dispensa au blessé les premiers soins et on le débarbouilla sommairement. Le médecin se demanda un moment s'il ne valait pas mieux le transférer au service de réanimation de l'hôpital central de Jyväskylä, mais il renonça à cette idée après avoir appris qu'il était né en 1916. Pour les gens aussi vieux, les équipes locales étaient bien suffisantes.

Anna Mäkitalo, assise à côté du lit, tenait la main de son mari. Ils ne se parlaient guère. Mäkitalo déclara que, maintenant que toute l'exploitation était détruite, peu lui importait d'y passer aussi.

« Ne dis pas n'importe quoi, Heikki. Je te rapporterai des cigarettes et des brioches de Kälviä.

— Est-ce que le chat est venu avec nous ? demanda-t-il encore d'une voix faible.

— Il est assis dans la remorque, dans les bras de Rytkönen.

— C'est bien, il ne s'échappera plus. »

Lorsqu'ils furent sortis du centre de soins, Seppo Sorjonen conduisit le tracteur jusqu'à Kälviä. La fermière et Rytkönen étaient assis sur la remorque avec le chat. Ils profitèrent pendant deux jours de l'hospitalité de la sœur d'Anna, employant une partie de leur temps à laver Taavetti Rytkönen. Sorjonen retourna ensuite au Fossé-boueux en taxi avec Rytkönen, pour chercher la voiture qu'ils avaient laissée près de l'ancien pont.

Lorsque le taxi fut reparti et que Sorjonen eut placé le sac de Rytkönen dans la voiture, deux policiers sortirent de la forêt, et leur demandèrent si c'étaient eux qui avaient saccagé l'exploitation agricole qui se trouvait à proximité.

Seppo Sorjonen avait un alibi en béton, il était à Helsinki, il y avait célébré ses fiançailles et pouvait également produire une quittance de loyer datée et signée, avec le cachet de la banque.

Le conseiller-géomètre Taavetti Rytkönen, pour sa part, déclara n'avoir aucun souvenir de toute cette affaire.

TROISIÈME PARTIE

18

Le commissaire de Lestijärvi ouvrit une enquête sur la destruction de l'exploitation de Mäkitalo. Il interrogea le conseiller-géomètre Taavetti Rytkönen et l'ex-chauffeur de taxi Seppo Sorjonen. L'alibi de ce dernier était solide, il était confirmé non seulement par sa fiancée, Irmeli Loikkanen, mais aussi par la banque d'Helsinki où il avait payé son loyer au moment des faits. Le conseiller-géomètre Rytkönen, quant à lui, ne se rappelait rien. Le commissaire eut beau lui poser ses questions de la façon la plus astucieuse, il ne parvint pas à entamer son inébranlable amnésie. Il le menaça de le placer en garde à vue, peut-être la mémoire lui reviendrait-elle entre les murs de sa cellule. Mais il n'osa pas mettre sa menace à exécution, car Sorjonen lui expliqua que le vieil homme souffrait de démence avancée.

Il procéda au test que Sorjonen lui suggéra : il demanda à Rytkönen quel jour de la semaine on était. Le vieux croyait qu'on était jeudi, alors qu'on était mardi. Il supposait qu'on était en mai, alors qu'on approchait de la Saint-Jean. Il se trompa aussi sur l'année : après s'être frotté les tempes, il déclara qu'on devait être en 1978 ou dans ces eaux-là.

Le commissaire estima que Rytkönen était un vieillard sénile et qu'il pouvait le laisser partir. Il ajouta qu'il conclurait vraisemblablement à la culpabilité de Mäkitalo, à condition qu'il se rétablisse suffisamment pour pouvoir répondre aux questions des autorités. Il était toujours dans son lit au centre de soins, la jambe droite en traction. Lui aussi était fou, et sa responsabilité dans le saccage de l'exploitation ne faisait aucun doute.

Le commissaire demanda à Rytkönen et à Sorjonen de ne pas quitter l'Ostrobotnie dans les jours qui suivaient. Il annonça qu'il allait demander l'aide de la direction de l'Agriculture pour évaluer les dégâts et le montant des éventuels dommages et intérêts. L'affaire pouvait constituer un précédent fâcheux. Que deviendrait l'État finlandais si on laissait les gens dévaster leurs exploitations en toute impunité ?

Seppo Sorjonen le pria de réserver des chambres à l'hôtel de la Plaine, à Seinäjoki, où Rytkönen et lui comptaient loger. Le commissaire leur répondit avec humeur qu'il n'avait pas l'habitude d'installer ses suspects à l'hôtel. Les voyous, il suffisait en général de les mettre au trou. Il demanda tout de même à son secrétaire de réserver les chambres. Sorjonen fit monter Rytkönen dans la voiture. Avant de partir pour Seinäjoki, ils allèrent voir Heikki Mäkitalo au centre de soins.

Le vieil homme était allongé dans son lit, la jambe en l'air. Il fumait une cigarette, visiblement irrité. Son lit était situé près d'une fenêtre, et il s'efforçait de souffler la fumée vers l'extérieur. Dans la même chambre se trouvaient trois autres malades qui souffraient de l'interdiction de fumer et étaient jaloux parce que Mäkitalo, lui, étant près de la fenêtre, pouvait fumer.

Il raconta que le commissaire de Lestijärvi était venu lui poser des questions au sujet de la destruction de son exploitation. Il lui avait répondu qu'à la campagne il y avait toujours eu des incendies. C'étaient des choses qui arrivaient : les étables brûlaient, les caves explosaient. Les paysans ne pouvaient jamais savoir quand un malheur allait survenir. L'agriculture était ainsi faite qu'elle comportait des risques. Le commissaire avait d'abord menacé de le faire inculper de dégradation volontaire de zone forestière et de champs cultivés, et d'incendie volontaire de bâtiments agricoles. Il estimait que le tribunal le condamnerait immédiatement à plusieurs années de prison, dans le meilleur des cas. Il l'avait menacé de demander à la direction de l'Agriculture l'ouverture d'une enquête, à la suite de laquelle on pourrait lui réclamer des dommages et intérêts carabinés.

« Il m'a reproché de détruire ma patrie. Et moi, je lui ai répondu que, dans les chars, j'avais surtout détruit des exploitations du pays voisin. »

Une fois à Seinäjoki, Rytkönen et Sorjonen se rendirent à l'hôtel. Le réceptionniste leur confirma qu'une réservation avait bien été faite par le commissariat de Lestijärvi et leur demanda de remplir les fiches de police, qu'il vérifia attentivement avant de leur remettre les clés. Sorjonen porta les bagages dans leurs chambres, qui se trouvaient au deuxième étage. À la porte de l'ascenseur, il remarqua deux hommes barbus à la peau sombre qui parlaient une langue étrange. Ils avaient un air assez sauvage. En apercevant Sorjonen, ils le saluèrent en anglais. L'un d'eux tenait à la main un mètre enrouleur métallique avec lequel il mesurait la largeur du couloir. Son camarade notait les chiffres dans un petit cahier défraîchi à couverture rouge.

Taavetti Rytkönen déclara qu'il voulait se reposer. Sorjonen écouta son cœur et ses poumons. Le vieil homme était dans une forme physique acceptable, mais ses capacités mentales n'étaient pas au mieux. Sa mémoire était défaillante, ses pensées vagabondaient, certains traits caractéristiques de la démence se manifestaient dans son comportement. Sorjonen enfilait toujours sa blouse blanche de médecin avant d'entrer dans la chambre de son ami. Celui-ci prit l'habitude de dormir jusque vers le milieu de la journée. Certains jours, il ne sortait même pas de son lit et il fallait lui monter ses repas. Une semaine passa. Cette existence paisible finit par porter ses fruits. Le vieux soldat retrouva sa vitalité, il se remit debout et commença à regarder autour de lui. Il était tellement en forme qu'il se souvint même de son camarade de guerre Heikki Mäkitalo. Un soir, après avoir bu quelques gorgées d'alcool au bar de l'hôtel, il eut soudain une envie irrépressible de téléphoner au centre de soins de Lestijärvi. Les deux vieillards se parlèrent avec entrain pendant près d'une demi-heure.

Le soir, Seppo Sorjonen écrivait de longues lettres à sa fiancée. Il lui parlait de leur mariage, du travail qu'il allait trouver pour gagner leur vie et de l'enfant, qu'ils pourraient avoir s'ils trouvaient un appartement. Il agrémentait ses lettres de poèmes d'amour de sa composition.

Il fit la connaissance des deux étrangers repérés le premier jour en train de mesurer le couloir de l'hôtel. Ils avaient coutume de prendre leur petit déjeuner très tôt. Dotés d'un solide appétit, ils entassaient allégrement des charcuteries sur leur assiette, se faisaient force tartines de beurre et de fromage, cassaient de grandes quantités d'œufs, buvaient des litres de jus d'orange et de thé, enfournaient de grandes cuillerées de confiture et complétaient le tout en engloutissant d'énormes rations de céréales ainsi que plusieurs assiettes de bouillie d'avoine. Sorjonen remarqua que ce tandem plutôt exotique ne réapparaissait pas pour le déjeuner ni pour le dîner. Il comprit bien vite qu'ils n'étaient pas plus gloutons que les autres, mais simplement trop pauvres pour manger dans un restaurant finlandais et que le petit déjeuner inclus dans le prix de la chambre devait remplacer tous les autres repas de la journée.

Les étrangers continuaient à mesurer l'hôtel et à noter des chiffres. Ils dressaient les plans des couloirs, des chambres et des cages d'ascenseur, en évitant soigneusement tout contact avec le personnel. Ils partageaient la même chambre. Il était évident qu'ils avaient des choses à faire à Seinäjoki, mais ne disposaient pas de moyens importants pour financer leurs activités.

Au cours de ces longs petits déjeuners, Sorjonen ne put s'empêcher d'adresser la parole à ces curieux étrangers. Au début, ils se montrèrent peu loquaces, firent semblant de se concentrer sur leur nourriture, mais comme Sorjonen avait l'air inoffensif et était très désireux de lier connaissance, ils finirent par lui révéler qu'ils faisaient un voyage d'étude en Finlande.

Le plus âgé, qui avait une quarantaine années, s'appelait Georg Skutarin et se présenta comme un architecte albanais. C'est en tant que tel qu'il s'intéressait aux caractéristiques architecturales de l'hôtel. Le plus jeune se nommait Girill Jugrazar, il avait trente-cinq ans et déclara être originaire de Bosnie-Herzégovine. Il servait d'interprète à l'architecte, car il connaissait les langues. Skutarin parlait un allemand honorable, mais son anglais était assez médiocre. Il avait fait la connaissance du Bosniaque un mois auparavant, à Belgrade, où Girill travaillait comme chauffeur de taxi.

Seppo Sorjonen s'exclama d'un air réjoui que lui aussi était chauffeur de taxi, ou plutôt qu'il l'avait été, car pour le moment il s'occupait d'un vieil ami qui avait des problèmes de mémoire.

Les deux hommes étaient arrivés en Finlande par hasard. Skutarin avait été chargé de concevoir les plans d'un hôtel international à construire sur le littoral adriatique de l'Albanie. On avait décidé de l'envoyer à l'étranger pour qu'il puisse étudier l'architecture occidentale.

En réalité, il était métreur de formation. À l'époque d'Enver Hoxha, il dessinait des plans pour des abris de mitrailleuses, mais maintenant que l'Albanie commençait à s'ouvrir au reste de l'Europe et cherchait à accroître ses recettes touristiques, il s'était reconverti dans ce secteur.

Les troubles qui avaient agité son pays ces derniers temps avaient précipité son départ. Il avait touché sa bourse de voyage, mais n'avait pas eu le temps de chercher une secrétaire ni un interprète.

Il avait d'abord songé à se rendre aux États-Unis, mais à cause des difficultés linguistiques et de divers autres problèmes, il s'était retrouvé à Belgrade, une ville guère plus calme que Tirana. Heureusement, il avait rencontré Girill. Celui-ci lui avait expliqué que c'était en Finlande que se trouvaient les hôtels les plus chers du monde, beaucoup plus chers qu'aux États-Unis et que n'importe où ailleurs. Ils avaient pensé que, si les prix étaient les plus élevés, les hôtels étaient forcément les meilleurs, et ils avaient pris l'avion pour Helsinki. À l'hôtel de l'aéroport, ils avaient eu un avant-goût du niveau des prix finlandais, la nuit leur ayant coûté plus cher que ce qu'un Albanais moyen gagnait péniblement en six mois.

Comme ils venaient de régions montagneuses et qu'ils avaient vu suffisamment de montagnes et de collines dans leurs pays d'origine, ils s'étaient renseignés pour savoir quelle était la région la plus plate de Finlande. On leur avait conseillé de se rendre à Seinäjoki.

En chemin, ils s'étaient arrêtés au « village du sauna » de Muurami. Ils estimaient qu'un hôtel de luxe international devait impérativement comprendre un sauna finlandais. Mais ils avaient été un peu déçus. Les saunas, même de leur point de vue balkanique, leur avaient paru très rudimentaires ; ils étaient construits sommairement avec de vieux rondins, certains d'entre eux n'avaient même pas de véritable plancher et étaient dépourvus des commodités les plus élémentaires. Skutarin, en architecte consciencieux, avait dessiné pour mémoire les plans de quelques saunas à fumée. Il en montra un à Sorjonen. Il s'agissait de celui de Palojärvi, qui, d'après la notice explicative, avait été édifié au XVIIIe siècle au bord du lac, à Enontekiö, par un certain Alpo Suonttavaara. Il était couvert de troncs de pin coupés dans le sens de la longueur et d'une couche d'écorce de bouleau et de tourbe. Le poêle était situé dans un coin, tout au fond, l'ouverture tournée vers la porte. L'eau pour se laver était chauffée dans une marmite située sur la berge.

Selon Skutarin, le dispositif de chauffage de l'eau pouvait être réalisé sans difficulté en Albanie, en plaçant la marmite au bord de l'Adriatique, mais pour trouver des troncs de pins bien droits et des morceaux d'écorce de bouleau suffisamment grands dans un pays montagneux, c'était une autre paire de manches : les pins locaux étaient rabougris et tordus, et les bouleaux ne valaient guère mieux.

Les deux chercheurs étaient à Seinäjoki depuis deux semaines. Ils avaient étudié en détail l'hôtel de la Plaine et établi le plan avec toutes les cotes. Le bâtiment était construit de façon très judicieuse et avec beaucoup de savoir-faire. Skutarin pensait pouvoir dessiner les plans d'un hôtel comparable lorsqu'il retournerait dans son pays. Le seul problème, c'était que son retour était encore très incertain. La situation politique en Albanie paraissait tendue. En outre, l'hôtel de Seinäjoki s'était révélé beaucoup plus cher que prévu et l'argent dont il disposait pour le voyage s'était amenuisé au fil des semaines. Heureusement, le buffet matinal était particulièrement riche, de sorte qu'ils ne souffraient pas trop de la faim. Mais les soirées leur paraissaient très longues et ils passaient leurs nuits à attendre leur petit déjeuner.

Seppo Sorjonen présenta les deux étrangers à Taavetti Rytkönen, qui se montra extrêmement aimable à leur égard : il leur offrit un bon repas et leur fit boire en abondance de la vodka finlandaise. La journée s'acheva dans la bonne humeur générale. Le Bosniaque, surtout, se révéla être un joyeux compagnon. Il fit à ses nouveaux amis, et par la même occasion aux autres clients de l'hôtel, une fougueuse démonstration de danses populaires. Il y avait ce soir-là à l'hôtel un groupe de touristes de l'Association des ménagères d'Uusikaupunki : une quarantaine de dames vigoureuses. Une fois surmontée la première timidité, elles commencèrent avec enthousiasme à apprendre les danses folkloriques bosniaques. Elles gesticulaient avec une telle frénésie que le maître d'hôtel en fut un peu effrayé. Vers minuit, déchaînées, elles renversèrent une table et le derrière de la plus corpulente passa à travers la grosse caisse de l'orchestre. L'événement fut désigné plus tard sous le nom de « Grand Boum de Seinäjoki ».

Taavetti Rytkönen aida ses nouveaux amis à

payer leur note d'hôtel. C'est ainsi que l'amitié entre les peuples trouva une nouvelle illustration, au milieu des vastes étendues de l'Ostrobotnie, à l'ombre de la Croix de la Plaine, dans un magnifique hôtel finlandais dont la copie se dresserait peut-être un jour sur des rochers calcaires léchés par les vagues salées de l'Adriatique.

19

Au milieu des vestiges calcinés de l'exploitation, entre la cave écroulée et le puits comblé, se tenaient deux messieurs distingués d'âge moyen.

Le premier s'appelait Oiva Laaksonen. Il était agronome et travaillait à la direction de l'Agriculture en qualité de rapporteur extraordinaire. L'autre, Tapio Huuskonen, était ingénieur forestier à la commission centrale des forêts. Tous deux étaient vêtus d'un costume gris et de bottes en caoutchouc. Ils tenaient à la main des cartes cadastrales et des attachés-cases. Ils venaient évaluer la nature et l'étendue des dégâts causés à l'exploitation de Heikki Mäkitalo. Le commissaire de Lestijärvi avait sollicité à cet effet l'aide de leurs organismes respectifs.

Dans sa requête, le commissaire avait indiqué qu'il se fonderait sur les conclusions de la commission d'enquête pour décider d'inculper ou non l'exploitant Heikki Mäkitalo et son épouse Anna Mäkitalo, née Heikura.

L'agronome et l'ingénieur forestier observaient le paysage. On aurait dit un champ de bataille : la forêt avait brûlé, les champs avaient été massacrés, les bâtiments étaient en ruine. Tout avait été rasé. Dans cet endroit naguère habité, il ne restait plus pierre sur pierre et les deux hommes n'avaient nulle part où s'asseoir.

« Il fait les choses à fond, ce Mäkitalo », commenta l'agronome Laaksonen, avec une nuance de respect dans la voix.

Cette commission d'enquête de deux membres avait prévu de consacrer trois jours à dresser un état des lieux détaillé de l'exploitation. La première journée était déjà passée : ils s'étaient rendus à Seinäjoki avec une voiture de fonction et avaient dépensé leurs indemnités journalières à l'hôtel de la Plaine. Pour pouvoir couvrir leurs dépenses, les deux hommes avaient décidé de déclarer qu'ils étaient partis en réalité l'avant-veille pour cette mission officielle éprouvante. C'est au bar de l'hôtel qu'ils s'étaient mis d'accord sur la façon dont ils devaient établir leur note de frais pour qu'elle soit vraisemblable. Là, ils avaient fait la connaissance de deux barbus des Balkans avec qui ils avaient discuté de l'intégration européenne et de la situation politique en Yougoslavie et en Albanie. Dans ce même bar, ils avaient vu également un conseiller géomètre complètement cinglé qui faisait du tapage en compagnie de son garde du corps. On trouvait décidément de drôles de gens dans cet hôtel.

L'ingénieur forestier sortit de sa mallette une bouteille de Ballantine qui ressemblait à un tronçon de poutre. Avant de se mettre au travail, ils ouvrirent la bouteille carrée et burent quelques bonnes rasades, à leur santé, comme ils dirent.

Après s'être ainsi donné du cœur à l'ouvrage, les deux fonctionnaires constatèrent que leur enquête officielle se fondait sur la loi de 1921 relative aux atteintes au patrimoine national, ainsi que sur le décret de 1922 interdisant la destruction volontaire par le feu des granges, séchoirs, étables et autres bâtiments agricoles de nature comparable, ainsi que sur le règlement spécifique complémentaire de 1931 interdisant le dynamitage des puits et des caves à pommes de terre. Le commissaire de Lestijärvi avait envoyé aux enquêteurs les extraits dudit règlement nécessaires pour fonder leurs investigations.

Avant de commencer l'enquête proprement dite, l'ingénieur Huuskonen fit observer que ces textes ne concernaient pas directement les zones forestières, ni les brûlis, ni les coupes totales. L'agronome Laaksonen constata pour sa part que l'interdiction de détruire des bâtiments agricoles n'obligeait pas les propriétaires à renoncer à la destruction, dès lors que celle-ci était jugée pertinente du point de vue de l'économie nationale et contribuait à réduire le montant total des aides publiques à l'agriculture en supprimant des bâtiments qui constituaient une source de dépenses.

Après ces constatations préliminaires, les membres de la commission d'enquête commencèrent à explorer l'exploitation détruite en s'aidant des cartes cadastrales.

Partout s'offraient à leur regard les traces d'un saccage indescriptible. Il était difficile de croire que l'on pût encore trouver quelque objet de valeur en un tel lieu, mais les fonctionnaires finlandais ont l'œil pour ce genre de choses. L'ingénieur découvrit dans les vestiges du hangar aux machines une grande quantité de parties métalliques de vieux outils : une lame de hache, un cadenas fabriqué par un forgeron de village, un poinçon, des pinces de forge et un cylindre de moteur. Il essuya la cendre qui les recouvrait et déclara qu'il allait les ramener chez lui à Herttoniemi. Il collectionnait les vieux objets campagnards. Des poinçons, évidemment, il en avait déjà plusieurs, mais celui qu'il venait de découvrir, il pourrait le vendre un bon prix dans un magasin d'antiquités.

Après quelques heures d'inspection minutieuse, les deux hommes retournèrent à côté du pont détruit sur le Fossé-boueux, ils traversèrent le ruisseau à pied et montèrent dans leur voiture pour rédiger le compte rendu de leurs constatations.

Ils décidèrent d'annexer à leur rapport le plan cadastral de l'exploitation de Mäkitalo. Huuskonen dressa l'inventaire des dégâts constatés dans les zones de forêt. Laaksonen, quant à lui, décrivit les dommages causés aux champs et aux bâtiments. Il écrivit que, selon lui, l'exploitation agricole de M. Heikki Mäkitalo avait été détruite en totalité. Elle n'était de toute façon pas économiquement viable. Du point de vue de l'économie nationale, il pouvait affirmer de façon certaine que toutes les mesures prises par M. Mäkitalo avaient été bénéfiques et même recommandables. Ayant consulté au préalable les documents relatifs à l'exploitation, il garantissait que, dans son état actuel, celle-ci n'entraînerait plus aucune dépense pour l'État finlandais. Ses champs étaient impropres à la culture, il ne serait plus nécessaire de payer les indemnités de jachère ni aucun autre type d'aide. Les bâtiments étaient entièrement détruits, de sorte que leur entretien ne coûterait plus rien à la société. Les anciens champs, du fait du traitement qu'ils avaient subi, étaient devenus des terrains propices à la pousse de tous les types d'arbres, comme pouvait le confirmer M. Huuskonen.

Grâce au brûlis et au labourage, les zones boisées avaient été mises dans un état où les forêts privées finlandaises se trouvaient très rarement. La forêt de M. Mäkitalo avait été brûlée avec soin, les arbres trop âgés avaient été abattus, le sol avait été labouré, le tout avec une minutie digne des professionnels les plus compétents de l'industrie forestière. Ainsi, une base tout à fait favorable à la régénération naturelle avait été créée.

Dans leur conclusion commune, les membres de la commission d'enquête indiquèrent que l'exploitation agricole de M. Heikki Mäkitalo était actuellement dans un état exemplaire, tant du point de vue de l'économie nationale que du point de vue de la gestion des ressources forestières. La commission concluait donc à l'unanimité qu'il n'y avait pas lieu d'inculper le propriétaire en raison des mesures agricoles et forestières qu'il avait mises en œuvre, bien que les méthodes utilisées, selon certaines autorités, et notamment le commissaire de Lestijärvi, eussent été fort peu ordinaires. La propriété en question était aujourd'hui dans l'état où toutes les exploitations des régions reculées de Finlande auraient dû être depuis longtemps.

La seule critique que l'on pût émettre concernait la destruction du pont sur le Fossé-boueux, qui ne faisait pas partie de la propriété. Toutefois, compte tenu du fait que le pont en question ne desservait que cette propriété désormais inexploitable et que son utilité n'était, dès lors, plus guère évidente, la commission d'enquête estimait qu'il n'était pas nécessaire d'infliger des sanctions à M. Heikki Mäkitalo et à son épouse non plus qu'à leurs héritiers après leur décès.

Cette indulgence était d'autant plus justifiée que, comme ils avaient pu le constater sur place, les poutres du pont étaient déjà en partie pourries. L'ouvrage aurait donc dû être fermé à la circulation à très court terme. Si M. Mäkitalo n'avait pas, de sa propre initiative, détruit son exploitation et le pont en question, l'État aurait dû supporter le coût de la construction d'un nouveau pont, qui, compte tenu du niveau actuel des prix, aurait été extrêmement élevé.

Pour fêter l'achèvement de leur rapport, les deux fonctionnaires burent quelques gorgées de whisky à même la bouteille. Cela faisait du bien, pour une fois, de rédiger un rapport sur quelqu'un qui, même sur ses vieux jours, faisait preuve d'un tel esprit de décision. La commission d'enquête aurait volontiers recommandé que l'on décore Heikki Mäkitalo pour services rendus à la patrie.

À cet instant, un minibus s'arrêta au bord du Fossé-boueux. Douze étrangères vêtues de curieux caftans en sortirent et s'agglutinèrent sur l'étroit chemin de gravier. Elles parlaient français et étaient accompagnées par un guide-interprète recruté par une agence de voyages d'Helsinki. Le guide s'approcha de l'agronome et de l'ingénieur forestier et leur demanda s'ils étaient bien MM. Laaksonen et Huuskonen. Il se présenta sous le nom de Sakari Rientola et déclara avec une nuance de fierté dans la voix qu'il était le seul guide de randonnée finlandais à parler couramment le français.

Toutes ces dames faisaient partie d'un groupe végétarien à tendance religieuse, comme il en existe aujourd'hui dans le monde entier. Elles étaient jeunes et minces. Elles habitaient Paris et étaient arrivées en Finlande quelques jours auparavant pour réaliser une expérience de survie.

Avant la Finlande, elles s'étaient retrouvées chaque année pour se faire souffrir en se plaçant dans les conditions les plus difficiles. Elles avaient essayé d'atteindre le nirvana par la voie de l'épuisement dans l'Himalaya, au Canada et dans le désert du Kalahari. Elles s'étaient intéressées autrefois à l'hindouisme, mais après avoir effectué un pèlerinage à Varanasi, en 1987, elles avaient pris leurs distances avec cette religion : là-bas, sacrifiant à la coutume, elles s'étaient baignées dans le Gange pour se purifier des pollutions spirituelles occidentales. Malheureusement, l'eau du fleuve sacré était fort peu hygiénique. À la suite du bain rituel, plusieurs membres du groupe avaient contracté une inflammation des ovaires si grave qu'elles s'étaient mises à considérer l'hindouisme comme une religion étrangère. Celles qui avaient le plus souffert de l'infection étaient aujourd'hui des adeptes de l'islam, religion qui n'exigeait pas l'immersion dans des eaux douteuses en signe d'attachement à la foi. Dans les déserts où l'islam s'était développé, de telles pratiques auraient été beaucoup trop coûteuses.

Cette année, elles avaient choisi la Finlande pour organiser leur stage de survie. Lorsqu'elles avaient demandé où se trouvaient les zones marécageuses les plus sinistres du pays, l'agence de voyages leur avait conseillé de se rendre à Lestijärvi. Elles avaient demandé au commissaire un complément d'information et celui-ci leur avait indiqué que, sur la propriété de M. Mäkitalo, se trouvait justement une commission d'enquête officielle qui pourrait fournir les autorisations et les conseils nécessaires pour passer deux ou trois semaines dans la nature finlandaise.

Les Françaises sortirent du bus leurs équipements, qui étaient très modestes, comme il convient à un groupe de survie : quelques pelotes de ficelle, un sac en tissu, un sachet de hameçons, deux casseroles, des canifs et des couvertures. C'était à peu près tout.

Laaksonen et Huuskonen leur montrèrent sur la carte la région marécageuse de Kotkanneva et suggérèrent aux aventurières d'installer leur camp là-bas. Dans ce coin perdu, elles auraient une occasion extraordinaire de démontrer leur aptitude à rester en vie, et elles ne risquaient pas d'être dérangées. Les branches de genévrier conviendraient à merveille pour confectionner des arcs. Elles pourraient pêcher dans le lac artificiel de Venetjoki et cueillir des canneberges en abondance dans les marais. Bref, il serait intéressant de voir comment des femmes pourraient se débrouiller pour survivre dans un tel environnement.

Tout excitées, les Françaises disparurent dans la forêt à la suite de leur guide, après avoir garé le minibus un peu plus loin du ruisseau.

La commission d'enquête conclut son rapport par le résumé suivant :

1. L'exploitation agricole « Mon bonheur », enregistrée au cadastre sous le numéro 1 : 250, propriété de M. Heikki Mäkitalo et de son épouse Anna, a été reconnue détruite en totalité.

2. Les opérations de destruction ont été conduites avec soin et compétence. Rien n'a été laissé intact, la destruction est complète.

3. Ces opérations ont créé d'excellentes conditions pour le renouvellement naturel de la forêt.

4. Tous les bâtiments de l'exploitation ont été démolis, de sorte qu'il ne sera plus nécessaire d'entreprendre des travaux de réfection ou d'entretien.

5. Les anciens champs sont aujourd'hui abandonnés et définitivement impropres à la culture ; ils ne seront plus la source d'aucune dépense pour la société.

6. Compte tenu de ce qui précède, nous concluons que les propriétaires de l'exploitation considérée ont rendu un grand service à l'économie nationale et qu'il ne convient pas de les

traduire devant quelque juridiction que ce soit. L'État finlandais n'a aucun reproche à leur faire. Il conviendrait au contraire de leur accorder, lors d'une occasion appropriée, une récompense substantielle, par exemple la médaille du mérite agricole ou quelque autre décoration.

Après avoir signé le rapport préliminaire, les enquêteurs vidèrent leur bouteille de whisky et allumèrent une cigarette. L'ingénieur Huuskonen aperçut dans le fossé un vieux moulin à café en excellent état. En bon connaisseur, il comprit aussitôt que l'objet datait des années 20 et valait relativement cher. Dans le tiroir à mouture, il trouva une feuille de papier rose sur laquelle quelqu'un avait écrit un petit poème d'une belle écriture :

« À mon Taavetti chéri,
À mon petit pain joli,
Qu'il trouve un nid douillet,
Un éternel été.
Leena Niemelä, 1991. »

À côté de son nom, l'auteur du poème avait dessiné un joli bouton de rose. Huuskonen plia la feuille et la fourra dans son portefeuille. Il se demanda à haute voix si ce gentil poème avait plu à son destinataire. Il fallait croire que non. La vraie poésie trouvait rarement ses lecteurs, ce qui était bien dommage.

Après avoir mis leurs trouvailles dans la voiture, les deux fonctionnaires partirent pour Seinäjoki. En chemin, ils tombèrent à deux reprises dans le fossé, mais parvinrent à se tirer d'affaire grâce à l'aide amicale de quelques Ostrobotniens. Ils purent poursuivre leur voyage jusqu'à leur lieu de résidence, l'hôtel de la Plaine, à Seinäjoki.

20

L'équipe de métrage albano-bosniaque dessina au propre les plans de l'hôtel. En apprenant que Taavetti Rytkönen était géomètre, Georg Skutarin lui demanda des informations techniques concernant sa spécialité. L'Albanais utilisait des méthodes assez rudimentaires et relativement hétéroclites, car elles se fondaient sur trois courants théoriques différents. La base de ses connaissances en la matière était la science capitaliste du début du siècle, qui avait été rejetée après la guerre au profit d'une technique de topométrie inspirée de celle utilisée en Russie. Plus tard, il avait fallu renoncer également à ce modèle, car la rupture avec l'Union soviétique avait incité les Albanais à prendre exemple sur la Chine

Dans un pays aussi montagneux, ce mélange de différentes écoles n'était pas toujours des plus heureux. Skutarin estimait que les géomètres albanais étaient encore chaussés de gros sabots, ou plutôt de godillots de montagne, avec des semelles européennes, des côtés russes et des talons chinois. Aujourd'hui, les méthodes chinoises étaient tombées à leur tour en disgrâce.

Rytkönen commença à expliquer à Skutarin les techniques utilisées en Finlande dans les années 50 et 60. Il se souvenait encore relativement bien des différents aspects du métier à cette époque, mais n'avait pas eu l'occasion de se familiariser avec les méthodes plus récentes. Skutarin n'en fut pas moins très satisfait de ce qu'il lui enseigna. Il écouta attentivement en prenant des notes abondantes. La langue d'enseignement était l'allemand, que le professeur et son élève connaissaient tous les deux.

Sorjonen remarqua que Rytkönen se souvenait de façon étonnante des détails techniques de sa spécialité. Il expliqua à Skutarin le fonctionnement des goniomètres, lui indiqua les unités de mesure des angles, lui parla des théodolites, des boussoles et des tangentes. Skutarin se plaignit du manque de précision des théodolites chinois. À moins que ce ne soit la faute des utilisateurs. Il arrivait en tout cas que les socles de mitrailleuses soient construits une centaine de mètres au-delà de l'endroit où ils auraient dû se trouver d'après la carte. Rytkönen souligna que les erreurs de topométrie pouvaient avoir des conséquences très graves dans les régions montagneuses, où les différences d'altitude étaient importantes.

ırin se montra particulièrement intéressé .nesure des dénivelés. Il connaissait assez mal les méthodes barométriques, et le système trigonométrique semblait être totalement nouveau pour lui. Au cours de ses études, il n'avait jamais vu un seul théodolite gyroscopique. Aujourd'hui, il pouvait, sans bourse délier, acquérir à leur sujet des connaissances nouvelles, avec un professeur compétent et motivant.

L'enseignement de la méthode horizontale fut excessivement théorique, mais Skutarin avait l'esprit vif et n'eut aucun mal à comprendre. Ils allèrent de temps en temps derrière l'hôtel pour faire des travaux pratiques. La localisation de la Croix de la Plaine constitua un exercice intéressant. Sa position exacte dans l'univers fut ainsi déterminée avec plus de précision. Les mesures de polygones procurèrent aux deux hommes un plaisir que le chauffeur de taxi bosniaque et son collègue finlandais eurent quelque peine à comprendre. Rytkönen dessina une coupe longitudinale, qu'il résuma en toute simplicité par les équations suivantes :

$$\Delta x_{13} = \frac{\Sigma y_{12} - \Sigma x_{12} \tan t_{23}}{\tan t_{13} - \tan t_{23}}$$

$$\Delta y_{13} = \Delta x_{13} \tan t_{13}$$

Après avoir jeté un coup d'œil à cette formule, les ex-chauffeurs de taxi n'eurent pas le courage de tenir plus longtemps compagnie au professeur et à son élève et se réfugièrent au bar.

Une semaine après leur installation à l'hôtel, Seppo Sorjonen téléphona à Anna Mäkitalo pour prendre des nouvelles. Anna lui dit qu'elle se sentait profondément soulagée de savoir qu'elle ne devrait plus jamais pelleter du fumier. Sa santé était excellente. Elle s'était inscrite au club des ménagères et avait l'intention de rejoindre dès l'hiver prochain les Weight Watchers de Kälviä. Le pauvre Heikki, en revanche, était toujours allongé au centre de soins de Lestijärvi, la jambe suspendue en l'air. Elle allait le voir presque tous les jours.

« Il trouve le temps long. Il m'a chargée de vous demander votre adresse. Il paraît qu'il a quelque chose d'important à vous dire, à Taavetti et à toi. Je n'en sais pas plus, mais il s'agit sûrement de nouvelles excentricités. »

Sorjonen lui donna l'adresse et le numéro de téléphone de l'hôtel et la chargea de transmettre le bonjour à Heikki.

Quelques jours plus tard, le réceptionniste tendit une lettre à Sorjonen. Elle était adressée à « Monsieur le docteur en médecine Seppo Sorjonen ».

La lettre était de Heikki Mäkitalo. Celui-ci y maudissait son chat, à cause duquel il avait dû sur le transformateur du Fossé-boueux et aujourd'hui allongé dans ce fichu plumard avec la jambe dans le plâtre.

« L'été est si beau et je ne peux pas en profiter. Je suis obligé de rester couché. Les médecins disent que je ne serai plus jamais en état de courir les bois. Ça veut dire que quelqu'un d'autre doit aller récupérer les dix taureaux qui vagabondent là-bas dans la forêt. S'ils sont devenus sauvages, il faudra les abattre. En tout cas, ce ne serait pas bien de laisser ces bêtes pour l'hiver dans la forêt, et moi je ne suis pas en état de les tuer. Alors je me suis demandé si Taavetti et toi vous ne voudriez pas partir à la chasse au taureau. Vous pourrez garder la viande, vous aurez à manger pour tout l'été si vous arrivez à la ramener de là-bas. En temps normal, je ne vous aurais pas demandé ce service, mais comme je me suis cassé la jambe à cause de ce chat de malheur et que je ne serai pas rétabli avant la fin de l'été... »

Mäkitalo donnait ensuite des instructions pour la chasse au taureau. Il indiquait la longueur d'onde sur laquelle on pouvait écouter l'émetteur accroché au cou d'Eemeli. C'était la même que celle sur laquelle la radio locale de Nivala retransmettait la messe le dimanche, c'était facile à se rappeler. À Nivala, les gens s'étaient demandé pourquoi d'étranges signaux sonores se faisaient entendre depuis quelque temps pendant les émissions religieuses. Les paroissiens les plus dévots y voyaient un avertissement, un message divin annonçant que la fin du monde était proche. À Lestijärvi, cette même longueur d'onde était utilisée la nuit par une station qui diffusait du rock sataniste, au travers duquel on entendait à peine le signal des taureaux.

De l'autre côté de la feuille, Mäkitalo avait dessiné, à toutes fins utiles, un plan approximatif de son exploitation détruite. Dans un coin, une grosse fourmilière avait été épargnée par le feu. Mäkitalo y avait enfoui son fusil de chasse ainsi qu'une grande quantité de cartouches.

« Soyez gentils, concluait-il, rendez ce service à un pauvre vieillard et supprimez ces taureaux. »

Seppo Sorjonen appela le centre de soins de Lestijärvi et demanda à parler à Heikki Mäkitalo. Quelques instants après, la communication fut établie.

Sorjonen remercia le vieil homme pour sa lettre et lui promit de s'occuper de ses bêtes. La vie à l'hôtel commençait aussi à être lassante, surtout quand les principales distractions consistaient à assister aux soûleries de Taavetti Rytkönen et de Georg Skutarin ou à écouter leurs conversations interminables sur les tangentes.

Il demanda à Mäkitalo dans quel coin il pensait que ses taureaux pouvaient se trouver aujourd'hui. Celui-ci répondit que, depuis Kälviä, Anna avait capté de temps en temps les émissions du troupeau ; elles semblaient indiquer que les bêtes quelque part du côté de Kotkanneva. Il ...it d'une vaste zone marécageuse au sud-ouest de Sykäräinen. La meilleure façon de s'y rendre était d'aller en voiture jusqu'à l'extrémité nord-ouest du lac artificiel de Venetjoki, puis en barque jusqu'à la zone en question, en se laissant guider par le signal radio.

« Nous avons fait la connaissance de deux étrangers ici, un Bosniaque et un Albanais. Est-ce que nous pourrions les emmener avec nous ? Ils apprécieraient sûrement beaucoup la viande de taureau. »

Mäkitalo n'avait rien contre le fait que ses bêtes soient chassées aussi par des individus d'origine balkanique. Elles pouvaient donner assez de viande pour toute une expédition.

Ils commencèrent à réfléchir au projet et à se procurer le matériel nécessaire. Seppo Sorjonen écrivit à Irmeli pour lui annoncer qu'il partait pour la chasse et ne pourrait pas lui téléphoner pendant quelque temps. Il avait l'autorisation d'abattre dix taureaux. Il pourrait rapporter de la viande pour leur repas de mariage.

Taavetti Rytkönen accepta de servir de guide aux chasseurs lorsqu'ils s'enfonceraient dans les forêts inhabitées d'Ostrobotnie.

21

L'organisation d'une telle expédition est une tâche virile et exaltante. Seppo Sorjonen élabora, avec l'aide de ses compagnons, une liste détaillée des équipements nécessaires. Ils se procurèrent des bottes en caoutchouc, des vêtements de randonnée, deux tentes, des sacs de couchage, des casseroles, des couteaux, bref, tout ce dont on peut avoir besoin dans la forêt. Ils achetèrent dans une librairie des cartes de la région.

En même temps que la boussole, Taavetti Rytkönen voulut acheter aussi un théodolite, avec lequel ils pourraient s'amuser à mesurer des angles sur le terrain. Seppo Sorjonen essaya de le convaincre qu'ils n'étaient pas en train de monter une expédition de cartographie dans les marais d'Ostrobotnie, mais qu'ils partaient simplement à la chasse au taureau. Rytkönen s'entêtait. Il ne se souvenait plus de l'objectif principal de l'expédition.

Ils n'achetèrent pas de théodolite. D'ailleurs, on n'en vendait pas à Seinäjoki.

Lorsque toutes leurs affaires furent chargées dans la voiture, ils se demandèrent où il était préférable d'aller. Ils estimaient que les taureaux devaient paître dans les zones marécageuses situées au sud-ouest de Sykäräinen. Il y avait là le marais de Kotkanneva, d'une superficie de plusieurs centaines d'hectares, puis, immédiatement après, au nord-ouest, les villages de Härkäneva et de Lylyneva. D'après la carte, cette zone semblait entièrement couverte d'eau. Mais au milieu du marais de Kotkanneva émergeaient les îlots sablonneux de Metsolampi et Särkinen, entre lesquels se trouvait le large marais de Pyöräsuo. Au-delà de ces lambeaux de sable, à quelques kilomètres au sud-ouest, s'étendait le lac artificiel de Venetjoki. C'était un réservoir de régulation peu profond, long de plus de sept kilomètres et large de quatre à son extrémité nord-ouest. Au centre se trouvaient quelques petites îles. Le lac limitait la zone de pâturage des taureaux au marais de Kotkanneva et aux autres grands marais situés au nord-ouest.

Rytkönen estimait que le moyen le plus simple d'accéder à la zone de pâturage était de se rendre en voiture sur la rive nord-ouest du lac artificiel, desservie par une route forestière. Là, ils devraient emprunter une barque et aller à la rame le plus près possible des taureaux. Depuis la barque, ils pourraient capter le signal radio et prendre la direction qui convenait. Sorjonen convint que le projet était raisonnable.

Avant leur départ de l'hôtel, Seppo Sorjonen appela le centre de soins de Lestijärvi et demanda à l'infirmière-chef de dire à Heikki Mäkitalo que l'expédition de chasse de Taavetti Rytkönen était partie pour le lac artificiel de Venetjoki. Il envoya à sa fiancée une carte postale représentant le monument aux morts de la Société des chemins de fer, qui se trouvait à la gare de Seinäjoki.

Ils n'emportèrent qu'une quantité limitée de provisions, car ils se dirent qu'ils auraient de la viande en abondance après avoir abattu le premier taureau. Ils achetèrent en revanche du sel, des oignons, des raves, des pommes de terre, des épices et de la farine. Enfin, ils attachèrent à l'envers sur le toit de la voiture une cuve de cinquante litres dans laquelle ils comptaient préparer du salé de bœuf lorsque la viande commencerait à s'accumuler.

D'humeur juvénile, ils allèrent d'abord récupérer le fusil de Heikki Mäkitalo dans la cachette que celui-ci leur avait indiquée. Taavetti Rytkönen déchiffra le plan dessiné par son ancien compagnon d'armes et, avec un instinct infaillible, se dirigea droit sur la fourmilière. La forêt fumait encore.

Sous le monticule de terre, ils trouvèrent le fusil de chasse et une centaine de cartouches. Le fusil était en bon état, soigneusement graissé, mais le canon était plein de fourmis attirées par l'huile de graissage. Taavetti Rytkönen déclara qu'il le prenait sous sa responsabilité, car il était le seul membre de l'expédition à avoir une expérience suffisante des armes à feu. Les trois autres chasseurs ne firent aucune objection.

Ils quittèrent l'exploitation dévastée pour retourner à Sykäräinen, puis poursuivirent leur route, en passant par les villages de Härkäneva et de Lylyneva, jusqu'à la rive nord-ouest du lac de Venetjoki. Il y avait là quelques pêcheurs, qui acceptèrent de leur prêter deux barques. Dans l'une, ils chargèrent leurs équipements, et ils prirent place dans la seconde. Comme les deux étrangers ne savaient pas ramer, Seppo Sorjonen empoigna les avirons. Taavetti Rytkönen régla la radio sur la fréquence de la station paroissiale de Nivala et commença à écouter les signaux émis par le taureau de tête. Skutarin et Jugrazar étaient assis à l'arrière. L'un d'eux tenait dans sa main la corde à l'autre bout de laquelle était attachée la barque qui contenait leurs affaires. Ils se mirent en route.

Sorjonen ramait sur l'eau calme du lac artificiel. Les berges étaient basses et désertes. L'Albanais et le Bosniaque s'en étonnèrent. On ne voyait pas la moindre colline à l'horizon. C'était pour eux tout à fait extraordinaire. Le paysage tranquille, paisible, charmait leurs yeux lassés des reliefs montagneux. Ils trouvaient cela très exotique.

Au nord, sur l'horizon, derrière les marais qui bordaient le lac, montait encore de la fumée qui se mêlait aux cumulus. Elle venait de l'exploitation de Heikki Mäkitalo : dans la tourbière, le feu continuait à couver obstinément. Quand une tourbière prend feu, elle brûle durant tout l'été et ne finit par s'éteindre qu'une fois couverte d'un bon mètre de neige. Skutarin et Jugrazar dirent que dans leurs pays respectifs, on n'avait jamais vu de neige ailleurs que sur les montagnes.

Au milieu du lac se trouvait l'îlot de Rimmenmaa, une bande de terre marécageuse qui était devenue une île lorsque le lac artificiel s'était rempli. Seppo Sorjonen amena la barque sur le rivage, où ils préparèrent du café.

Taavetti Rytkönen écouta avec sa radio portable les signaux de l'émetteur accroché au cou du taureau de tête. En s'aidant de la boussole et de la carte, il put déterminer la direction dans laquelle se trouvait actuellement le troupeau. Il nota les coordonnées. Après avoir tracé un trait sur la carte, il annonça que les taureaux se trouvaient le long d'un segment qui partait de l'île en direction du nord-est. La ligne tracée par Rytkönen traversait le vaste marais de Kotkanneva. Elle dépassait d'abord l'île la plus grande de la partie nord des sables de Särkinen, une zone boisée d'un kilomètre, puis elle passait par-dessus le marais de Pyöräsuo, allait jusqu'aux sables de Koppelo, franchissait deux ruisseaux, traversait l'exploitation détruite de Heikki Mäkitalo et poursuivait son voyage autour de la Terre, pour revenir, depuis la direction opposée, au feu de bois sur lequel ils préparaient leur café. Les lignes de repérage tracées mentalement sur le terrain ne sont jamais droites comme les profanes l'imaginent, ce sont des cercles qui n'ont ni début ni fin. Elles ressemblent en cela à l'errance du géomètre amnésique qui n'a ni point de départ ni destination et ne saurait en avoir, même s'il cheminait dans ce monde de la façon la plus rationnelle et en allant aussi droit que possible.

Le signal radio indiquait que les taureaux se trouvaient au plus à neuf kilomètres de l'île. Ils ne pouvaient pas être plus loin que l'exploitation de Mäkitalo, ni plus près que le rivage du lac artificiel. Ils étaient donc relativement bien localisés. L'idéal serait qu'ils ne bougent plus. Peut-être ruminaient-ils paisiblement, allongés quelque part au bord du marais, satisfaits de leur existence.

Après le café, les chasseurs repartirent. Taavetti Rytkönen demanda à Sorjonen de ramer vers l'extrémité sud-est du lac. Là, ils feraient un nouveau relevé de la position des taureaux.

Skutarin et Jugrazar voulurent se rendre utiles et prendre les rames à leur tour. Ils trouvaient un peu ridicule la position de Sorjonen, qui était assis le dos vers l'avant. Ils affirmèrent que, sur l'Adriatique, on ramait debout, tourné dans le sens de la marche.

Lorsqu'ils essayèrent d'appliquer cette méthode

maritime aux conditions finlandaises, cela ne produisit rien de bon. Skutarin réussit à faire chavirer la barque et tout le monde tomba à l'eau. L'Albanais manqua de se noyer, car il ne savait pas nager. Heureusement, la barque qui contenait le chargement ne se retourna pas. Après cet incident, les deux étrangers consentirent volontiers à rester assis et à laisser Sorjonen ramer.

En allant vers l'extrémité sud-est du lac, ils passèrent devant un vieux bac abandonné. Sur le bastingage d'acier se trouvait une plaque de tôle rouillée sur laquelle on pouvait lire l'inscription suivante en grosses lettres noires : *Rymättylä*. Par quel mystère le bac de Rymättylä avait-il pu arriver là, très loin de la mer, dans l'un des coins les plus reculés de l'Ostrobotnie ? Ils décidèrent de revenir plus tard pour explorer en détail le bateau. Ils procédèrent ensuite à un nouveau repérage depuis la rive sud-est.

Taavetti Rytkönen détermina la nouvelle direction. Il nota les chiffres et traça une deuxième ligne sur la carte. Les deux lignes se croisaient au nord des sables de Metsolampi. C'est là, dans les bois, que se trouvaient les taureaux, à seulement quatre kilomètres et demi de la rive. Rytkönen caressa de la main le fusil et annonça qu'ils allaient bientôt avoir de la viande.

Ils purent alors retourner au bac de Rymättylä. Ils attachèrent les barques au bastingage et montèrent sur le pont, qu'ils entreprirent d'explorer.

Le vieux bac à traction manuelle paraissait échoué sur un haut-fond. Il faisait six mètres de large et dix de long. La coque était construite avec des poutrelles bitumées et le pont avec des grosses planches. Mis à part les boulons rouillés, le bateau paraissait en bon état. Lorsqu'ils se placèrent tous ensemble dans le même coin et commencèrent à se balancer, il oscilla paresseusement. Cela signifiait qu'il flottait.

Les chasseurs de taureaux décidèrent de le remorquer plus près du rivage et d'établir leur campement sur le pont. Il serait plus agréable de dormir sur de solides poutres que dans un marais humide. Ils ne pouvaient trouver un meilleur endroit pour monter la tente.

22

Une fois libérés, les dix taureaux pris de panique avaient galopé, la queue recourbée, les flancs dégoulinants de boue, vers le marais de Kotkanneva. L'épaisse fumée dégagée par la forêt en flammes et le bruit terrible des explosions avaient accompagné le troupeau dans sa fuite depuis l'enclos du champ inférieur. Le taureau Eemeli, son émetteur autour du cou, avait ouvert le chemin et entraîné ses congénères loin de l'exploitation détruite.

Ils ne s'étaient arrêtés qu'au bout de deux kilomètres, dans la forêt d'Iso Viskonsalo, avaient traversé à gué le ruisseau d'Olkosenkuru et vu s'ouvrir devant eux le vaste marais de Kotkanneva. Ils s'étaient alors regroupés pour observer le marais, puis avaient regardé derrière eux. Des détonations continuaient à retentir : Taavetti Rytkönen était en train de faire sauter les poteaux téléphoniques. Les taureaux, évidemment, ne comprenaient rien à tout cela. Leur perception des événements se situait à un niveau plus général. Ils avaient simplement compris qu'il valait mieux se tenir le plus loin possible du tourbillon de la guerre.

Une douce brise estivale amenait la fumée des feux de forêt jusque dans le marais. Les taureaux s'étaient calmés, estimant que cela ne présentait pas de danger, et avaient commencé à brouter la laîche qui poussait au bord de l'eau. Cela les changeait du fourrage concentré qu'ils avaient dû ingurgiter pendant l'hiver, et c'était incontestablement meilleur. Ils pouvaient boire dans le ruisseau qui coulait du marais de Kotkanneva.

La première nuit, ils avaient dormi en formant un cercle fraternel à l'abri des grands sapins. Un grand corbeau, intrigué par leur présence, avait volé longtemps au-dessus d'eux. Le lendemain matin, ils avaient ruminé et fait une petite sieste.

Ils avaient passé deux jours dans cet endroit, avant de se remettre en route, d'abord vers Koppelo, puis, en traversant des marais au sol mouvant, jusqu'à Metsolampi, où ils pouvaient se désaltérer dans l'étang. Ils étaient restés là quelques jours, peut-être même toute une semaine. Ils ne tenaient pas le compte des jours qui passaient et avaient déjà oublié la destruction de l'exploitation. Ils ressemblaient en cela à Taavetti Rytkönen : ils avaient mauvaise mémoire. Leur philosophie de la vie se limitait à profiter de l'instant, à manger, à ruminer, à boire, à rester couché paresseusement. Ils chassaient les mouches et les moustiques avec leur queue sans trop réfléchir, machinalement, de la même façon qu'ils fermaient de temps à autre les paupières pour humidifier leurs yeux exorbités. Ils n'étaient pas tourmentés par le travail, ni par les vieux souvenirs, ni par les projets d'avenir. Ils étaient libres comme l'air.

Ils prenaient plaisir à vagabonder dans les vastes marais et sous le couvert des arbres. En longeant le marais de Kotkanneva, ils étaient arrivés au bord du lac artificiel de Venetjoki. Là, portant leurs regards vers la rive opposée, ils avaient aperçu au large le vieux bac. L'un d'eux avait levé le mufle et poussé un mugissement étonné.

Ils étaient retournés, pour changer, sur des terrains plus secs. Dans les sapins de Särkinen, ils avaient découvert un campement humain et avaient longuement observé les créatures qui s'y trouvaient : elles étaient toutes maigres et avaient une apparence étrange. C'étaient des Françaises, mais cela, évidemment, les taureaux ne pouvaient pas le savoir. Ils étaient restés sur leurs gardes, ayant eu l'occasion de constater que les humains avaient une fâcheuse propension à vous attraper lorsque vous vous approchiez un peu trop d'eux ; ils pouvaient alors vous nouer une corde autour du cou et vous conduire à l'étable.

Mais les Françaises avaient eu peur des taureaux. Elles s'étaient mises à gesticuler en les montrant du doigt. Ils avaient observé ces étranges créatures pendant deux ou trois jours, les avaient vues capturer des grenouilles dans le marais et les faire bouillir sur le feu dans une casserole, ou manger des racines de massette qu'elles arrachaient dans les fossés ou au bord des étangs.

Un jour, pendant leur promenade vespérale, ils étaient tombés sur le petit village miteux de Härkäneva. Il faisait déjà nuit. Profitant de l'obscurité, ils avaient mangé un peu d'avoine dans les champs, déposé çà et là quelques bouses et inspecté les pâturages qui se trouvaient derrière certaines fermes. Ils avaient rencontré un groupe de vaches aux pis rebondis et les avaient observées de derrière la clôture électrique. Ils avaient l'impression qu'ils auraient dû faire quelque chose avec ces dames, mais celles-ci ne paraissaient pas intéressées par leurs visiteurs. Ce n'était pas la bonne période. Les vaches feignaient l'indifférence. Les taureaux avaient mugi d'une seule voix et s'en étaient allés poursuivre leurs vacances entre mâles.

Ainsi passaient les jours d'été. Comme le font tous les jeunes taureaux, ils s'adonnaient de temps à autre à diverses formes de lutte : ils se heurtaient la tête à s'en faire sonner le crâne, ou montaient sur le dos d'un de leurs congénères en prétendant le prendre pour une vache. La plupart du temps, toutefois, ils faisaient bonne chère et profitaient tranquillement de leur liberté.

Ils allaient de temps en temps observer les Françaises et les trouvaient chaque fois plus maigres, ce qui ne laissait pas de les étonner, car en lisière des marais et sur le bord des fossés poussait une nourriture abondante et délicieuse. Ces étranges créatures étaient devenues pour eux comme de veilles connaissances, plutôt sympathiques et sans histoires. Elles n'étaient pas dangereuses et formaient elles aussi une sorte de troupeau.

Pendant les fraîches nuits d'été, une brume froide et fantomatique montait parfois des marais infinis et enveloppait le troupeau qui dormait dans l'obscurité sous les grands sapins. Alors les taureaux se serraient les uns contre les autres, écoutaient en silence et scrutaient gravement les alentours. Ils entendaient parfois le cri sauvage des grues ou le croassement vulgaire d'un corbeau, ou encore le hurlement d'un chien dans un village lointain. Ils restaient couchés en silence, sur leurs gardes, et leurs oreilles remuaient en captant les bruits de la nuit. Lorsque le soleil levant réveillait la brise et que le brouillard nocturne se dissipait, ils se mettaient debout et s'en allaient brouter au bord de l'eau. Le soleil leur faisait oublier les mystères de la nuit et ils vagabondaient avec insouciance.

Mais un après-midi, une détonation violente vint briser ce bonheur estival. Le plus jeune taureau du troupeau s'écroula, atteint par une balle de fusil. Les autres, consternés, fixèrent du regard leur malheureux compagnon. Puis ils comprirent qu'ils devaient fuir cet endroit au grand galop, sans perdre un seul instant, et c'est ce qu'ils firent.

Le conseiller-géomètre Taavetti Rytkönen et le docteur Seppo Sorjonen coururent jusqu'au taureau mort, suivis par l'architecte albanais et le chauffeur de taxi bosniaque.

23

Le guide de randonnée Sakari Rientola, un gaillard dans la force de l'âge, avait conduit son groupe de survie depuis l'exploitation fumante de Mäkitalo jusqu'au marais de Kotkanneva. Il était dans une bienheureuse expectative. Derrière lui marchaient douze Françaises vigoureuses, auxquelles il comptait bien démontrer sous peu ses capacités. Il voulait leur prouver qu'un homme digne de ce nom savait faire autre chose qu'allumer des feux de camp.

Le groupe des Françaises était animé par une quadragénaire nommée Louise Cantal, qui, dans la vie, était fonctionnaire des impôts dans le seizième arrondissement de Paris. Sa troupe se composait d'employées de bureau âgées de vingt à trente ans : il y avait Annette l'employée de banque, Colette la coursière, Simone la mère célibataire, Marie la téléphoniste. Elles partageaient une prédilection pour la nourriture végétarienne, les pratiques religieuses hors du commun et les voyages. Elles s'étaient rencontrées par hasard, plusieurs années auparavant, lors d'un stage de jeûne en Bretagne, et elles étaient restées depuis en relations étroites.

Rientola se félicita d'avoir commencé à étudier le français autrefois, pendant qu'il travaillait comme flotteur de bois en Carélie du Nord. Il avait d'abord suivi des cours par correspondance, puis élargi son vocabulaire en écoutant des cassettes et, pour finir, la radio française. Pendant la journée, son travail de flotteur lui avait permis d'acquérir les connaissances nécessaires pour exercer le métier de guide, et le soir il apprenait à s'orienter dans les méandres de la langue française. La fortune souriait aux audacieux : à quarante-cinq ans à peine, Rientola avait atteint le sommet dans sa profession : il était le seul guide de randonnée finlandais à causer fluidement le français !

On voyait assez rarement des randonneurs français sous ces latitudes. Trois ans auparavant, on lui avait demandé de piloter un journaliste dans la région du Lemmenjoki. La randonnée avait duré trois heures, pendant lesquelles le Parisien n'avait cessé de pester contre les moustiques de Laponie. L'année dernière, on avait eu besoin de ses compétences à l'occasion de la visite d'un militaire français à Utsjoki. L'excursion en motoneige jusqu'à l'enclos de triage de rennes de Kaldoaivi aurait pu être une réussite totale, mais le militaire avait eu les oreilles gelées pendant le trajet !

Et voilà qu'aujourd'hui sa pénible étude de la langue allait enfin porter ses fruits. Douze Françaises mignonnes à croquer le suivaient docilement dans la forêt et allaient passer en sa compagnie plusieurs jours, peut-être même plusieurs semaines. Dans son sac à dos, en plus des provisions et du matériel de pêche, il avait deux bouteilles de champagne et plusieurs paquets de capotes. Les unes comme les autres de la meilleure qualité française.

Sakari Rientola conduisit ses charmantes clientes aux sablières de Särkinen, à une dizaine de kilomètres de la ferme de Mäkitalo. C'étaient de petites parcelles de terrain sec perdues au milieu du vaste marais de Kotkanneva. Le sol était régulier, couvert de bruyères, et convenait à merveille pour établir un camp. À deux ou trois kilomètres au sud-ouest ondoyait le lac artificiel de Venetjoki, dans lequel se jetait, à l'extrémité sud-est, le ruisseau aux eaux claires de Korpioja. Dans les sablières, on trouvait en abondance des sapins morts pour le feu. Il y avait là tout ce dont on pouvait avoir besoin.

Rientola étendit des couvertures sur les bruyères et invita les jeunes femmes à se reposer pendant qu'il installait le camp. Mais elles refusèrent. Elles n'avaient pas l'intention de rester allongées sans rien faire pendant qu'un homme travaillait à leur place.

Louise déclara que ses compagnes étaient si

imprégnées des idées féministes qu'elles se considéraient aussi aptes que les hommes aux travaux dits masculins. Le féminisme, expliqua-t-elle, signifiait l'égalité des sexes, la valorisation des femmes et le rejet des excès sexuels.

Rientola fut un peu refroidi par cet enthousiasme féministe. Il aurait volontiers endossé le rôle du héros bâtisseur. Les femmes tendirent les toiles de tente qui devaient leur servir de toits. Quelques-unes abattirent des sapins morts et apportèrent du bois. Il y eut bientôt sur le feu une casserole de tisane bouillante. Rientola aurait préféré un bon café bien serré avec de la crème, mais les Françaises lui affirmèrent que le café était un stimulant très nuisible à la santé. Elles étaient des végétariennes convaincues et adeptes d'un mode de vie sain.

En guise de dîner, ils eurent droit chacun à une tranche d'un roquefort tiré du sac à dos d'une Française et à quelques biscuits. Rientola trouva l'odeur du fromage si nauséabonde qu'il se garda bien d'y toucher. Il ouvrit avec son canif une boîte de viande en gelée et en étala le contenu graisseux sur une tranche de pain de seigle. Louise lui demanda d'aller manger plus loin. Selon elle, la viande en conserve était un aliment contre nature.

Le soir, les femmes se couchèrent sous leurs abris, mais elles n'invitèrent pas le guide à assurer leur protection. Celui-ci étendit son sac de couchage au pied d'un sapin et s'y introduisit, un peu dépité.

Pendant les deux jours qui suivirent, les Françaises commencèrent à chercher dans les environs une nourriture qui leur convienne. Elles constatèrent avec étonnement qu'il y avait fort peu de plantes comestibles en Finlande. Rientola essaya de les aider en leur indiquant diverses choses : les camarines noires, les massettes, les acores... il n'était pas un spécialiste des plantes et ne connaissait pas tous les noms en français, encore moins en latin.

Les jeunes femmes trouvèrent de quoi survivre sur les berges des fossés et dans les bois. Elles arrachaient dans les marais des racines de nénuphars et les faisaient griller sur le feu. Elles mangeaient aussi des gaillets, des pissenlits et des valérianes. Les camarines noires suscitèrent leur enthousiasme. Simone ramena au camp des brassées d'angéliques et Marie trouva des jusquiames. Il y avait des canneberges en abondance. Les obiers, les lycopodes, les barbarées et les polypodes furent également adoptés. Mais lorsqu'elles commencèrent à chercher des glands, des tomates sauvages ou des châtaignes d'eau, elles se cassèrent le nez. Rientola leur expliqua que les seuls aliments végétaux que les Finlandais recueillaient dans la nature étaient quelques espèces de champignons, les airelles rouges et, autrefois, le liber. C'était avec cela qu'ils avaient survécu pendant les périodes difficiles de leur histoire.

Mais le lac regorgeait de poissons ! Sakari Rientola confectionna pour ses protégées des cannes à pêche et leur apprit à pêcher des gardons blancs et des perches. Comme elles n'avaient pas de barque, elles devaient s'avancer assez loin dans l'eau boueuse avant de pouvoir lancer les appâts. Cela ne mordait pas beaucoup. La pêche d'une journée ramenait peut-être deux kilos de mauvais poisson. La chasse à la grenouille donna de meilleurs résultats. Rientola observa avec écœurement comment les Françaises détachaient les cuisses de ces bestioles coassantes et en faisaient de la soupe avec des herbes et des petites perches. Elles appelaient ça de la bouillabaisse franco-nordique. Rientola se contentait de faire griller de grosses saucisses sur le feu. Il badigeonnait sa saucisse courbée d'une bonne couche de moutarde et la mangeait comme ça, sans autre accompagnement. Les femmes n'avaient rien contre la saucisse en elle-même, mais cette façon de la consommer était très préjudiciable à la santé et, pour tout dire, un peu bestiale. Elles engagèrent Rientola à adopter une alimentation végétale. La consommation de viande était une habitude primitive. Un régime maigre, exclusivement végétal, purifiait l'organisme des toxines et rendait la vie plus légère. Les mangeurs de viande mourraient jeunes et les obèses encore plus jeunes. Celui qui ne pratiquait jamais le jeûne ne savait pas à quel point la vie pouvait être belle.

Rientola leur fit remarquer que les grenouilles étaient de la viande au même titre que les autres animaux. Elles répondirent que les grenouilles étaient bonnes à manger parce qu'elles n'étaient pas des mammifères mais des batraciens.

Un soir, Rientola mit les deux bouteilles de champagne à tremper dans un bourbier glacé. Il pensait proposer aux femmes, plus tard dans la soirée, de trinquer à quelque chose. Elles se laisseraient peut-être tenter par la gaudriole, maintenant qu'ils se connaissaient. Il tailla avec son couteau une douzaine de coupes à champagne en écorce de bouleau.

Mais la fête qu'il espérait n'eut pas lieu. Les femmes goûtèrent poliment, du bout des lèvres, le champagne de leur pays, et les réjouissances s'arrêtèrent là. Louise déclara assez froidement que les beuveries n'étaient pas inscrites au programme de ce camp de survie. La proposition de Rientola d'aller se baigner à poil reçut un accueil plutôt hostile. Le guide se retira en silence sous son sapin et termina les bouteilles de champagne tout seul.

Pendant la nuit, le camp reçut la visite de dix gros taureaux. L'arrivée des bêtes suscita chez les femmes la stupéfaction et la terreur. Elles essayèrent de réveiller Rientola en le secouant vigoureusement, mais il continua de ronfler imperturbablement dans son sac de couchage. Les taureaux observèrent le camp paisiblement pendant un moment, puis ils reprirent leur promenade.

Les Françaises tinrent conseil et décidèrent que, dès le matin, elles libéreraient poliment mais fermement le guide finlandais de ses fonctions. Elles jugeaient préférable de poursuivre le camp de survie entre elles. Rientola s'était révélé un goujat, comme la plupart des hommes : il apportait dans une région sauvage de la viande de porc et du champagne et passait son temps à les draguer. L'une des plus jeunes membres du groupe, Colette, révéla que, pendant une séance de pêche, Rientola lui avait proposé de faire l'amour.

« Le porc ! Tu n'as pas accepté, tout de même ! s'indignèrent ses compagnes plus âgées.

— Bien sûr que non, c'était hors de question : le sol était beaucoup trop humide. »

Marie, la téléphoniste, avait découvert que le guide avait dans son sac à dos une quantité sidérante de préservatifs. Elles fouillèrent et y trouvèrent douze douzaines de capotes anglaises. Il y avait de quoi avoir des frissons.

Au matin, elles expliquèrent à Sakari Rientola que sa contribution à l'organisation du camp de survie était arrivée à son terme et qu'elles désiraient retourner dans le monde habité par leurs propres moyens.

Rientola leur laissa ses cartes de la région, sa boussole et vida son sac des provisions qu'il contenait. En même temps que les boîtes de viande en gelée, les paquets de préservatifs tombèrent dans les bruyères. Rougissant jusqu'au bout des oreilles, il les fourra dans sa poche, dans l'attente d'une meilleure occasion. Il plaça ensuite le sac vide sur ses épaules et partit en direction du nord. En chemin, il croisa le troupeau de taureaux qui se dirigeait vers le camp. Les bêtes lui parurent magnifiques.

Après le renvoi du guide, un climat de solidarité féminine et de confiance mutuelle s'instaura à nouveau dans le camp des Françaises. Malheureusement, le départ de Rientola les privait de sa connaissance du terrain.

Quelques jours plus tard, Louise Cantal fut forcée de constater que la situation alimentaire devenait critique. Les dons de la nature ne suffisaient pas à tenir la faim à distance. Elles avaient cessé de manger du poisson, car il n'y avait plus personne pour chercher des asticots.

Les jours passaient et la faim se faisait sentir de plus en plus cruellement. Louise se demanda si elle avait été bien raisonnable d'emmener le groupe dans cette région inhospitalière et misérable. Elles auraient dû aller en Sibérie. Là-bas, au moins, elles auraient pu manger du saumon à volonté.

Au bout d'une semaine, elles souffraient tellement de la faim qu'elles envisagèrent d'interrompre le camp. Mais quelques vieilles routières des stages de jeûne s'y opposèrent catégoriquement. Louise envoyait tous les matins ses troupes dans la forêt et le marais. En passant la végétation au peigne fin, elles découvraient parfois quelques petites choses.

Oui, on trouvait quand on s'en donnait la peine ! La terre n'était pas si avare qu'elle ne pût nourrir ses créatures. Simone revint un soir au camp avec, dans le creux de sa cape, quelques tomates sauvages bien rouges. Elle raconta qu'elle était en train de marcher en bordure d'un marais, les yeux troublés par la faim, lorsqu'elle était soudain tombée sur un épais buisson de tomates qui portait des fruits en abondance. Elle en avait mangé une grande quantité et rapportait celles-ci à ses compagnes.

Elles purent vérifier avec satisfaction que les tomates sauvages étaient beaucoup plus savoureuses que celles achetées au magasin, qui étaient des produits quasi industriels, cultivés avec de l'engrais artificiel et des pesticides. Simone fut chaudement félicitée pour sa découverte et promit de rapporter d'autres tomates. Mais lorsque les autres membres du groupe lui proposèrent de l'aider à les cueillir, elle parut un peu gênée. Elles partirent chercher le buisson, mais ne le trouvèrent pas. Pourtant, le lendemain soir, Simone, qui était retournée seule dans la forêt, trouva encore des tomates. Elle en rapportait à présent plusieurs kilos.

Chaque jour, elle découvrait un nouveau buisson. Un soir, les joues rouges d'excitation, elle raconta qu'elle était tombée sur des tomates particulièrement savoureuses. Elle en tendit une à Louise pour qu'elle puisse l'admirer : elle était bien rouge, lourde et rebondie. Une lueur de doute passa dans le regard de Louise. Lorsqu'elle coupa le fruit en deux, elle constata qu'il s'agissait d'une tomate à chair dense. « Ces trucs-là ne poussent pas à l'état sauvage, en tout cas pas en Finlande », déclara-t-elle, et elle exigea une explication.

Au cours de l'interrogatoire qui suivit, Simone fut contrainte d'avouer que la tomate provenait du sac à dos du guide finlandais. En sanglotant, elle expliqua qu'elle était tombée un jour sur Rientola, après avoir vainement cherché quelque chose à manger dans les sablières de Metsolampi. Il l'avait épiée, caché dans l'ombre des arbres, puis lui avait fait signe d'approcher. Quand Simone s'était résolue à aller vers lui, il lui avait donné des tomates. Il avait dans son sac beaucoup d'autres choses à manger : des pommes, de la confiture, des beignets au miel. Pour le remercier, elle avait consenti à faire l'amour avec lui, ce qui lui avait procuré un sentiment de sécurité. En outre, comme on le savait, il pensait à utiliser un moyen de contraception.

Simone expliqua que Rientola avait pris l'habitude de se présenter chaque jour à un endroit convenu, le sac rempli de légumes et de toutes sortes de bonnes choses achetées au magasin à son intention. Elle le remerciait de la manière habituelle. Tout se serait peut-être bien terminé si elle n'avait pas donné malencontreusement à Louise cette tomate à chair dense — elle ne savait pas que cette variété ne poussait pas dans la nature, mais avait été développée spécialement à des fins commerciales.

« Espèce de gourgandine crédule ! » s'exclama Louise avec irritation. Elle ordonna à Simone de conduire le groupe au lieu convenu. Ce guide fourbe allait entendre parler d'elles !

Le lendemain, elles se rendirent un peu avant l'heure à l'endroit où avaient lieu les rendez-vous galants. Elles se cachèrent dans les broussailles et attendirent l'arrivée de l'amant sournois et de son sac à dos.

Rientola ne tarda pas à apparaître. Il avançait à grands pas à travers le marais, l'air pressé, le visage rouge d'impatience. Il sortit une couverture qu'il étendit sur un monticule de terre. À côté, il plaça une nappe blanche et disposa sur des assiettes en carton diverses denrées fort appétissantes : des quartiers de tomate, des oignons, une baguette de pain, des olives, des fromages, du fromage blanc, du gâteau aux myrtilles. Il mangea avec fébrilité un morceau de cervelas, jeta un coup d'œil à sa montre et alluma nerveusement une cigarette. Son regard empli de désir était tourné vers la sablière de Särkinen, où se trouvait le camp des Françaises et d'où Simone devait arriver.

La rencontre eut bien lieu, mais pas de la façon prévue. Sur un signe de Louise, les femmes sortirent de leurs cachettes et encerclèrent le guide décontenancé. Une engueulade terrible commença. Les furies déversèrent sur Rientola les expressions les plus vigoureuses de la langue française. Le Finlandais s'enfuit dans le marais sans demander son reste. Il ne s'arrêta qu'au bout d'un kilomètre, dans la sablière de Koppelo. Il comprit alors que sa mission était vraiment terminée et poursuivit son chemin en direction du village de Sykäräinen. En marchant vite, il pensait arriver à temps pour prendre le bus du soir.

Les Françaises récupérèrent les provisions et retournèrent au camp, plus convaincues que jamais de la fourberie des hommes.

24

Le premier taureau de Mäkitalo acheva son existence à l'extrémité nord-est des sablières de Metsolampi, à quatre kilomètres et demi du camp des chasseurs. Avec son couteau, Taavetti Rytkönen égorgea la bête en train d'agoniser, le corps agité de soubresauts. L'architecte albanais et le chauffeur de taxi bosniaque accoururent eux aussi sur les lieux en brandissant leurs couteaux aux lames étincelantes. Sans attendre les ordres, ils se précipitèrent sur la bête, la firent rouler sur le dos et commencèrent à l'écorcher avec des gestes d'experts.

Le docteur Sorjonen ne participa pas à l'écorchage, car la vue du sang lui donnait la nausée. Il alla écouter la radio au milieu des sapins. Le signal émis par le taureau de tête indiquait que le troupeau avait fui en catastrophe vers l'est, mais s'était arrêté assez vite et se trouvait probablement dans un petit îlot boisé situé à deux ou trois kilomètres de là.

Les montagnards des Balkans écorchèrent le taurillon en une demi-heure. Ils découpèrent habilement la carcasse et trièrent les viscères. Ils jetèrent la panse dans le marais, mais conservèrent les intestins. Comme Rytkönen s'en étonnait, ils lui répondirent qu'il ne fallait pas gâcher ce précieux boyau. Ils expliquèrent qu'ils comptaient le laver dans un ruisseau et faire du saucisson. Avec de la viande de bœuf, ils ne pouvaient pas confectionner la véritable saucisse des Balkans — il aurait fallu de la viande d'âne ou de cheval, et du lard —, mais ils pensaient tout de même pouvoir préparer quelque chose d'acceptable. Jugrazar raconta que, lorsqu'il était plus jeune, il avait travaillé comme aide-cuisinier à Sarajevo, dans l'un des meilleurs restaurants de la ville. Il y avait appris à mijoter toutes sortes de plats et acquis notamment une grande compétence dans la préparation des viandes. Après la mort de Tito — que le diable emporte sa mémoire ! —, le niveau de vie avait tellement baissé que les restaurants n'avaient plus besoin de cuisiniers spécialistes des viandes, et Girill avait jugé préférable d'aller travailler à Belgrade comme chauffeur de taxi.

Ils consacrèrent toute la soirée et une bonne partie de cette claire nuit d'été à transporter la viande jusqu'au camp. L'Albanais et le Bosniaque accomplirent ce travail avec une énergie toute particulière. Ils avaient souffert si longtemps de la faim, à l'hôtel de la Plaine, que, maintenant que l'occasion se présentait de se remplir la panse, les charges les plus lourdes paraissaient légères à leurs épaules. Rytkönen guidait la troupe jusqu'au bac, Sorjonen aidait les deux autres à porter la viande sanguinolente. Ils durent faire de nombreux voyages pour tout ramener au camp.

Comme ils devaient impérativement marcher sur un sol ferme, ils passèrent notamment par les sables de Särkinen, où les Françaises étaient installées. Amaigries et affaiblies par la faim, elles se déplaçaient à quatre pattes sous les sapins en épiant ces étranges convois : dans la pénombre de la nuit, quatre hommes menant grand tapage passaient à proximité du camp, en portant sur leurs épaules de gros quartiers de viande. Au bout d'un moment, ils revenaient chercher un nouveau chargement. Cette joyeuse caravane longea ainsi plusieurs fois le camp des Françaises. Les chasseurs étaient si excités qu'ils ne remarquèrent pas les pauvres créatures affamées qui les épiaient. Et celles-ci n'osèrent pas aborder ces sauvages de la forêt : un homme qui portait un fusil en bandoulière et trois autres maculés de sang. En avalant péniblement leur salive, elles retournèrent se cacher sous leurs couvertures humides. Elles n'avaient eu à manger ce soir-là que des cuisses de grenouille séchées et des racines amères de massette. Elles trouvaient injuste que Dieu procure des joies terrestres à ces barbares, tandis qu'elles, malheureuses créatures qui s'efforçaient de vivre en harmonie avec la nature, souffraient de la faim et du froid. Elles espéraient que, dans une vie ultérieure, ces sauvages devraient courir dans la cohue des bazars de Calcutta, attelés à un pousse-pousse, de préférence avec un éclat de verre dans la plante du pied et une inflammation des testicules.

Le camp sur le bac de Rymättylä avait été installé de façon exemplaire. À l'un et l'autre bout du bateau, les chasseurs avaient monté les deux tentes, fixées sur le pont avec des clous. Les équipements avaient été rangés dans un ordre parfait contre le bastingage et recouverts d'une bâche. Du côté du lac, ils avaient formé un foyer avec des pierres et du gravier. Sorjonen y avait ensuite placé la marmite à trois pieds. Pour relier le bateau à la rive, ils avaient construit une passerelle avec des troncs de pins coupés dans le sens de la longueur. Ils avaient empilé les baquets à viande sur le rivage marécageux et fabriqué avec de larges troncs une solide table de travail de deux mètres de long, pour découper et saler les morceaux.

Les chasseurs étaient terriblement fatigués, mais cela ne diminua pas leur ardeur au travail. Des dizaines de kilos de viande furent placés dans les baquets. Girill Jugrazar découpa les meilleurs morceaux pour le premier repas : il enfila des cubes sanguinolents sur de longues baguettes de saule écorcées avec soin et les fit griller sur le feu allumé à l'extrémité du bac. Il enduisait les brochettes d'huile et les retournait savamment dans les flammes, en prenant garde que les morceaux de viande ne soient pas noircis par la fumée ni séchés par une chaleur excessive. Sorjonen disposa les assiettes en carton. Skutarin fit cuire dans les braises des oignons et des poivrons. Rytkönen alla chercher sous la bâche une bouteille de vodka. Pour en atténuer les effets, ils allèrent remplir une bassine d'eau pure et fraîche à une source qu'ils avaient découverte.

Les préparatifs s'achevèrent vers minuit, dans la pénombre, et ils commencèrent à manger. La viande grésillante fortement épicée exhalait une odeur divine. Quelques gorgées de vodka bien forte préparèrent les estomacs à accueillir la viande de bœuf la plus succulente du monde. Les brochettes à la mode balkanique, préparées avec du taureau finlandais, étaient en effet un véritable délice.

Taavetti Rytkönen se répandit en compliments à l'adresse des cuisiniers. Il remercia Dieu de lui avoir fait rencontrer des chefs de cette envergure et s'engagea à financer la chasse au taureau pendant tout l'été, dans ces forêts tranquilles d'Ostrobotnie. Si les épices venaient à manquer, on en ferait venir du village à ses frais ! Inutile de chipoter ! Rytkönen avait de l'argent et il avait faim !

Seppo Sorjonen avait faim lui aussi, mais c'étaient Skutarin et Jugrazar qui dévoraient la viande juteuse avec le plus d'appétit. En pleurant de bonheur, ils remercièrent leurs amis finlandais et firent l'éloge de cette étendue paisible, du bac de Rymättylä, de la Finlande tout entière, ce merveilleux paradis où ils avaient eu le bonheur de se rencontrer.

L'abondance de vodka et de viande rapprocha plus encore les chasseurs : la camaraderie, l'amitié et toutes sortes de nobles sentiments emplissaient leurs poitrines. L'Albanais et le Bosniaque trinquaient allégrement et, au moment le plus sombre de la nuit, dans la lueur rougeoyante du feu pétillant, ils se mirent à danser : chacun posa les mains sur les épaules de l'autre et ils exécutèrent des rondes endiablées de montagnards. Leur enthousiasme fut si communicatif que le conseiller-géomètre Taavetti Rytkönen entraîna le docteur Sorjonen dans une polka frénétique. Ce fut presque miracle que personne ne tombe à l'eau.

Sur le lac artificiel de Venetjoki retentit le cri nostalgique d'un canard sauvage. La brume nocturne déroulait ses volutes rafraîchissantes autour du bac en fête. Jugrazar fit un numéro de cracheur de feu : après avoir mis dans sa bouche une bonne quantité d'alcool à brûler, il le recrachait sous forme pulvérisée en le faisant flamber dans un grésillement. On aurait dit qu'une queue de renard lumineuse s'élevait dans le ciel nocturne au milieu de ces étendues sauvages.

Ces moments exceptionnels, les douze Françaises n'en perdaient pas une miette. Comme elles n'arrivaient pas à dormir, elles s'étaient traînées, titubant de faim, jusqu'au lac de Venetjoki, pour savoir d'où provenaient ce joyeux vacarme, ces bruits de danse et ces odeurs enivrantes et délicieuses de viande grillée qui flottaient dans la nuit calme. Elles avaient alors découvert le bac de Rymättylä, sur lequel elles avaient vu deux tentes et quatre barbares qui dansaient autour d'un feu. L'un d'eux passait son temps à grimper sur le bastingage et à souffler vers le ciel brumeux des flammes rugissantes. En salivant abondamment, elles observèrent le spectacle de cette débauche; leurs intestins tout secs se tortillaient et leur ventre gargouillait, réclamant de la nourriture, un repas, de la viande! Mais ces femmes décharnées avaient encore la foi.

Silencieuses, rongées par l'amertume, les douze combattantes pour la survie quittèrent le marais. Par le sentier taché de sang, les pauvres Françaises affamées retournèrent péniblement à leur camp, que la rosée de la nuit avait rendu humide et froid et où il ne restait plus rien à manger.

25

Quelques jours plus tard, ils tuèrent leur second taureau. Taavetti Rytkönen l'abattit avec la même efficacité que la première fois. De son expérience du Sturm pendant la guerre de Continuation, il avait conservé une certaine adresse.

« Avec ces engins, il fallait d'abord faire un pointage approximatif, puis prendre la cible dans le viseur et tirer. C'était pas plus compliqué que ça. À chaque tir, un char ennemi partait en flammes. »

Rytkönen maniait le fusil de chasse un peu comme un canon, et lui-même tournait sur place à la façon d'une tourelle. Les taureaux étaient comme des chars ennemis, à cette différence près qu'ils ne ripostaient pas, ils se contentaient de meugler.

Sur le bac de Rymättylä, la viande fut bientôt si abondante que les condiments et les agents de conservation commencèrent à manquer. Skutarin et Jugrazar avaient surtout besoin d'oignons et d'herbes. Ils demandèrent à Sorjonen s'il pouvait aller acheter le nécessaire au village.

Ce dernier aurait volontiers effectué un voyage de ravitaillement, il aurait pu, par la même occasion, aller saluer ce vieux Heikki au centre de soins, mais l'état de santé de Taavetti Rytkönen, qui s'était beaucoup détérioré au fil de l'été, le faisait un peu hésiter. Il s'inquiétait de la régression du malade. Sa mémoire était si défaillante que le pauvre vieillard se demandait chaque matin à quelle bataille il participait : s'agissait-il de la contre-attaque de Siiranmäki ? D'une chasse au taureau ? Ou fallait-il aider les amis des Balkans à laver leurs boyaux dans l'eau du Korpioja ?

Le docteur Sorjonen évaluait chaque jour le degré de démence de son ami. Il lui posait un certain nombre de questions simples, dont certaines portaient sur des événements très anciens. Il lui demandait par exemple quel jour de la semaine on était. Si c'était un jeudi, la réponse pouvait être :

« Eh bien, puisque hier c'était vendredi, aujourd'hui nous sommes nécessairement lundi. »

Quand on voulait savoir quel était le mois en cours, Rytkönen pouvait soutenir qu'on était en novembre, alors que le bac de Rymättylä se balançait sur l'eau tiède du lac dans la chaleur de juillet. Il avait également perdu la notion de l'année. Il ne se souvenait pas de la composition du gouvernement actuel, ni même du nom du premier ministre. Quand on lui demandait qui était président de la Finlande, il répondait avec assurance : « Eh bien, Paasikivi, évidemment. Je me souviens de Paasikivi tout de même.

— Et Kekkonen ?

— Ah oui... Kekkonen... »

Rytkönen n'avait jamais entendu parler de Koivisto. Quoi ? Un président socialiste ? Lorsque Sorjonen lui apprit que le président avait servi pendant la guerre dans les patrouilles à l'arrière du front, il s'anima.

« Mais oui ! Mauno ! C'était un grand type, presque de ma taille... Et moi qui croyais qu'il travaillait dans une banque ! »

Seppo Sorjonen envisageait d'installer sur le bac, à l'intention de Taavetti Rytkönen, une sorte d'hôpital de campagne. Le vieil homme ne pouvait pas rester dans la tente étroite : la nuit, l'obscurité l'angoissait et il faisait des cauchemars. Il se mettait parfois à pleurer désespérément parce qu'il ne trouvait pas la sortie. Sorjonen devait souvent le prendre dans ses bras et le bercer comme un bébé. Au matin, en s'éveillant entre les bras de son chaperon, le conseiller-géomètre lui jetait un regard soupçonneux. Mais après avoir trouvé son fusil de chasse, il était à nouveau plein d'énergie. Il prenait à peine le temps de savourer son petit déjeuner, tant il était pressé de partir se battre pour repousser l'ennemi.

Il ne voulait pas rentrer chez lui, il ne se souvenait toujours pas de l'endroit où il habitait, ni en bien ni en mal. Et puis il aurait été difficile de partir en pleine chasse au taureau. Il restait encore huit bêtes en liberté. On ne pouvait pas les abandonner dans ces contrées sauvages, à la merci des glaces de novembre ou des froids mortels de janvier.

Sorjonen décida finalement d'aller au village pour compléter les réserves de condiments. Skutarin et Jugrazar le prièrent de rapporter également un hachoir à viande et un gril. Rytkönen lui demanda d'acheter un théodolite.

Sorjonen traversa le lac avec les deux barques, ramant dans la première et tirant la seconde derrière lui. Il trouva la voiture de location au bout du chemin et se rendit tout d'abord à Kälviä pour saluer Anna Mäkitalo.

Il acheta au beau-frère d'Anna deux sacs d'oignons ainsi qu'un sac de pommes de terre. Anna lui apprit que la jambe de son mari allait un peu mieux, mais qu'elle était toujours dans le plâtre et en traction. Heikki en avait par-dessus la tête de rester allongé au centre de soins de Lestijärvi, c'était un patient irritable et difficile. Il menaçait régulièrement de s'enfuir, mais comment aurait-il pu s'en aller, le pauvre ? Il était attaché au lit !

Sorjonen se rendit ensuite à Lestijärvi pour rendre visite à Mäkitalo. Anna avait dit vrai. Le vieil homme grommela qu'on ne s'occupait pas bien de lui, qu'on l'obligeait à dormir en plein été dans une chambre où il faisait une chaleur infernale et qu'en plus on n'arrêtait pas de l'embêter! Le médecin était un petit jeune imbécile qui ne comprenait rien aux problèmes des adultes, et les aides-soignantes lui lavaient les fesses avec une telle négligence qu'il avait l'impression d'avoir des cancrelats dans son pantalon. En apprenant que Sorjonen comptait installer sur le bac de Rymättylä un hôpital de campagne pour Rytkönen, Mäkitalo lui demanda de l'emmener, afin qu'il puisse attendre là-bas que sa jambe soit guérie. L'idée parut d'abord impossible à réaliser. Mais comme Mäkitalo insistait, Sorjonen, pour le calmer, demanda au médecin ce qu'il en pensait. Il s'agissait d'emmener en barque le patient et son lit jusqu'au bac de Rymättylä.

« Ce serait un grand soulagement pour nous tous, répondit le médecin. Ce Mäkitalo nous cause tellement de problèmes depuis son arrivée que j'en deviendrais presque partisan de l'euthanasie. Il fume, il jure et il fait du tapage nuit et jour. C'est un cas. »

Il avait l'air las et fatigué. Dans ses yeux fixés sur Sorjonen brillait une lueur d'espoir. Il donna son accord pour que Mäkitalo emporte les médicaments nécessaires et les rapports médicaux le concernant. Il pouvait également prendre les draps et les autres accessoires.

Sorjonen avoua qu'il n'était pas médecin, mais simplement infirmier militaire. Pouvait-il accepter le patient sous sa responsabilité ?

« Aucun problème, du moment que vous veillez à ce qu'il ne bascule pas dans le lac avec son plâtre. D'ailleurs, entre nous soit dit, c'est encore ce qui pourrait lui arriver de mieux. Il n'a pas besoin de soins particuliers. Son fémur s'est relativement bien ressoudé. Tenez, voici les dernières radios. Lavez-le bien soigneusement. Ici, c'est presque impossible parce qu'il ne nous laisse rien faire. »

Seppo Sorjonen promit d'y réfléchir. Après tout, pourquoi Mäkitalo ne pourrait-il pas rester allongé sous un abri en toile pendant ces chaudes journées d'été, en regardant le lac, jusqu'à ce que sa jambe soit complètement guérie ? Cela ne paraissait pas du tout impossible, surtout si, dans ce même hôpital de campagne, se trouvait un bon ami à lui, qui avait combattu à ses côtés sur de nombreux champs de bataille.

Le docteur Sorjonen acheta au City-Market de Lestijärvi des condiments et diverses autres choses : cinquante kilos de sel, cinq chapelets d'ail, un kilo de poivre noir, un peu de poivre blanc, du thym, du romarin, de l'origan, des clous de girofle, du basilic, du gingembre et du soja. Il acheta également une dizaine de bouteilles d'huile, des biscottes suédoises et du beurre, une bassine à mortier, une quantité appréciable d'un vin rouge corsé qui accompagnait bien les viandes et un nombre non négligeable de bouteilles de vodka.

Il se procura encore douze mètres de toile à drap pour construire l'abri, un gros hachoir à manivelle, deux grils légers spécialement conçus pour le camping, une canne à pêche et des hameçons. Il envoya enfin à Irmeli le télégramme suivant :

« Deux taureaux abattus. Encore huit. Tout va bien. Comment va ta jambe. Seppo. »

Après avoir chargé ses achats dans la voiture, il téléphona à Kälviä et demanda à Anna si elle pouvait venir avec le tracteur et la remorque pour transporter son mari jusqu'au lac de Venetjoki. Le tracteur était indispensable parce qu'il s'agissait de transférer Heikki *avec son lit*. Ce serait bien aussi si elle pouvait installer la benne, car elle serait utile pour placer le tout sur la barque.

Dans l'après-midi, Anna arriva dans la cour du centre de soins de Lestijärvi avec le vieux Deutz à quatre roues motrices. Le personnel du service d'hospitalisation aida avec empressement à transporter Heikki Mäkitalo, qui jurait comme un charretier, sur la remorque du tracteur. Le lit d'hôpital fait de tubes de métal chromé n'était pas très lourd. Le médecin remit à Sorjonen une copie du dossier médical du patient, ainsi que le résumé de l'évolution de la maladie. Il le remercia ensuite chaleureusement.

« En tant que collègue ayant reçu une formation médicale officielle, je puis vous dire que j'apprécie à sa juste valeur votre dévouement. Il y a de nombreuses personnes à qui les méthodes de la médecine populaire conviennent beaucoup mieux, surtout lorsque la phase aiguë de la maladie est passée. »

L'ancien combattant et ex-agriculteur Heikki Mäkitalo fut donc conduit, dans la remorque de son tracteur, à travers le bourg de Lestijärvi, le village de Sykäräinen et les hameaux de Härkäneva et de Lylyneva, jusque sur la rive nord-ouest du lac artificiel de Venetjoki. Là, son épouse souleva le lit avec la benne et le plaça directement dans la barque. Celle-ci était à peine plus étroite que le lit, de sorte que les pieds de celui-ci trempaient dans l'eau, mais le sommier recouvrait l'embarcation comme un pont, sur lequel Mäkitalo était le seul membre d'équipage. Ils placèrent à côté de lui les deux sacs d'oignons. Le reste des provisions et les équipements furent déposés dans l'autre barque, dans laquelle le docteur Sorjonen s'installa pour remorquer le bateau-hôpital vers le bac de Rymättylä.

Anna Mäkitalo pataugeait dans l'eau, près du rivage, en adressant ses dernières recommandations à son mari. Elle le tint un instant par la main et l'embrassa, pendant que Sorjonen détournait pudiquement le regard.

Ce dernier se mit à ramer, sur l'eau frisée par le vent léger de l'après-midi. Heikki Mäkitalo lui expliqua que le bac de Rymättylä avait été transporté jusqu'au lac une quinzaine d'années auparavant, à la demande d'un dénommé Koistinen, un simple d'esprit qui voulait construire sur le pont un sauna et une tour de chasse. Son idée était de louer la tour à des groupes de chasseurs étrangers : ils auraient pu utiliser le sauna, dormir dans le vestiaire de celui-ci et tirer des canards sauvages. Mais, faute de capitaux, il n'avait pu mener son projet à son terme. Il avait seulement eu le temps de fonder une société et de faire transporter le bac jusqu'au lac de Venetjoki, où il était resté à dériver pendant toutes ces années. Koistinen était un type sympa, quoiqu'un peu bizarre.

26

Rytkönen dirigea la construction d'un abri en toile C'était une invention si ancienne qu'il se souvenait parfaitement de la manière de procéder. Sorjonen coupa des morceaux de drap d'une taille adéquate, en suivant les indications des malades. Skutarin et Jugrazar ébranchèrent de jeunes bouleaux pour en faire des pieux de deux ou trois mètres de long, avec lesquels Rytkönen confectionna la charpente de l'abri. Celui-ci, prévu pour deux personnes allongées, faisait environ trois mètres sur trois et était suffisamment haut pour que l'on puisse s'y tenir debout. Le lit de Mäkitalo fut placé contre une paroi, et le sac de couchage de Rytkönen juste en face. L'entrée se trouvait du côté du foyer et du lac.

L'abri terminé ressemblait à une jolie gloriette. Vu de loin, il faisait penser à une chapelle orthodoxe blanche. La nuit surtout, il était particulièrement beau : le reflet du bac qui se balançait sur l'eau calme et la silhouette blanche de l'abri paraissaient flotter dans une nappe de brouillard cotonneuse.

Le docteur Sorjonen installa ses malades. La jambe de Mäkitalo fut mise en traction à l'aide d'une corde attachée à une branche du plafond. Rytkönen fabriqua pour son ami une canne à pêche avec laquelle il pouvait attraper des perches sans quitter son lit. Skutarin accepta très volontiers de vider les poissons. Il estimait que la soupe de poisson était un plat léger qui faisait du bien à l'estomac après toute cette viande un peu lourde.

Bien que l'état psychique de Rytkönen s'aggravât au fil des jours, cela ne l'empêchait pas de participer activement à la chasse au taureau. L'ancien combattant tenait toujours solidement son fusil. Il fallait toutefois veiller, pendant la chasse, à ce qu'il se rappelle pour quelle raison ils marchaient ainsi dans la nature. Quand ils rapportaient la viande sur le rivage, c'était en général Rytkönen qui leur servait de guide, une fois qu'ils lui avaient expliqué à quel endroit ils voulaient aller.

Skutarin et Jugrazar installèrent au bord du lac une petite fabrique de saucisson. Le chauffeur de taxi bosniaque dirigeait les opérations. Ils fabriquaient des saucissons de premier choix, sans épargner la viande et sans transiger sur la qualité. Ils les fumaient d'abord dans un baquet placé à l'envers au-dessus d'un feu : les saucissons étaient suspendus à des crochets de fil de fer fixés au fond. Ensuite, ils les faisaient bouillir dans la cuve de cent litres achetée par Sorjonen à Lestijärvi. Une fois terminés, les saucissons étaient mis en conserve dans des baquets en plastique, puis immergés dans la source froide de Kalliomaa. Jugrazar estimait qu'ils pourraient se conserver pendant plusieurs semaines.

Rytkönen, Sorjonen et Mäkitalo n'avaient jamais mangé auparavant de saucissons aussi délicieux.

Dans l'industrie alimentaire, la propreté à tous les niveaux de la chaîne de production est absolument essentielle. Les déchets, notamment, doivent être réinsérés avec soin dans le cycle naturel. Les fabricants de saucisson allaient enterrer les leurs dans une fosse creusée assez loin de là, au bord du marais de Kotkanneva. Les oiseaux repérèrent vite la fabrique et se passèrent la nouvelle. Il fallut installer à la hâte sur le rivage un épouvantail à l'air méchant, pour chasser les corneilles et les corbeaux pleins d'ardeur qui arrivaient sur les lieux.

Les contrôles de qualité étaient effectués avec une attention toute particulière. Les saucissons trop ou trop peu fumés étaient impitoyablement éliminés, de même que ceux dont le processus de cuisson ne s'était pas parfaitement déroulé. Rytkönen fit avec plaisir office de goûteur pour évaluer les produits finis. Il déclara que ceux-ci étaient de qualité supérieure

Les membres du groupe de survie dirigé par Louise Cantal observaient en salivant le fonctionnement de la fabrique. On parle beaucoup de la force de caractère des végétariens, mais toute chose a ses limites. Pendant le fumage, les saucissons de taureau dégageaient des senteurs si appétissantes que les Françaises qui épiaient, cachées dans les broussailles, l'activité des saucissonniers balkaniques, en avaient le cœur tout chaviré.

Dans l'Himalaya, elles s'en étaient sorties grâce aux fromages fabriqués par les montagnards. Dans le désert du Kalahari, elles avaient survécu en capturant les sauriens enfouis dans le sable et en suçant la sève des plantes grasses. Mais dans cette rude contrée nordique, la nature était avare et la terre ingrate. Les provisions laissées par le guide avaient été partagées équitablement et étaient terminées depuis longtemps. Les malheureuses petites plantes comestibles et les myrtilles vertes ne suffisaient pas à leur remplir le ventre.

Les Françaises observèrent attentivement le processus de fabrication. Elles virent, depuis leur cachette, comment les baquets remplis de saucissons étaient immergés dans la source et comment de lourdes pierres étaient placées sur les couvercles.

Le lendemain, lorsque Skutarin et Jugrazar apportèrent leur dernière production, ils constatèrent qu'un récipient manquait. Ils avaient été victimes d'un vol !

Pendant la nuit, les Françaises affamées s'étaient approchées furtivement de la source aux saucissons. Leurs convictions végétariennes s'étaient volatilisées, leur foi dans les racines de nénuphar s'était écroulée. Sur les ordres de Louise, elles avaient pris le baquet pour le traîner au pas de course jusqu'à leur camp, où elles avaient ensuite allumé un grand feu. Elles avaient englouti cette nuit-là des quantités effrayantes de saucisson. Après ces excès nocturnes, toutes ces pauvres créatures décharnées s'étaient effondrées à terre, assommées. Elles avaient souffert d'une diarrhée carabinée, mais au matin, après une bonne tisane, leurs douleurs abdominales s'étaient quelque peu atténuées. Pendant la journée, elles s'empiffrèrent encore de saucisson, jusqu'à ce que le baquet soit vide. Elles passèrent ensuite vingt-quatre heures allongées sur la mousse, le ventre plein à craquer. Il s'en fallut de peu qu'elles ne meurent d'indigestion.

Lorsqu'elles furent rétablies, aucune d'entre elles n'avait plus la moindre illusion sur les bienfaits de l'alimentation végétarienne. Elles décidèrent d'un commun accord de se présenter au camp du bac de Rymättylä, d'avouer leur larcin et de demander aux barbares une aide alimentaire d'urgence au nom des principes humanitaires.

Au camp de Rymättylä, Heikki Mäkitalo était seul, allongé dans son lit sous la tente de l'hôpital de campagne. Les autres étaient partis à Kalliomaa pour tenter de découvrir la trace des voleurs de saucisson, et il commençait à trouver le temps long, car il ne pouvait aller nulle part, à cause de sa jambe suspendue au plafond. Il avait utilisé tous ses appâts et ne pouvait plus pêcher. Peut-être Rytkönen avait-il quelque part une cuiller? Avec sa canne à pêche, Mäkitalo réussit à attraper le sac à dos de son ami. À son grand dam, il n'y trouva qu'un gros poisson de bois. Les accessoires de pêche devaient être rangés sous la bâche. Pour passer le temps, il attacha rageusement le poisson de bois au bout du fil et le lança dans l'eau. Par l'embrasure entre les rideaux de l'entrée, il vit le leurre s'éloigner vers le large, poussé par le vent. Lorsque le fil se tendit, le poisson de bois s'enfonça sous l'eau et la pêche commença.

Le soleil brillait; les mouettes criaillaient; un corbeau croassait dans le lointain. Après tout, ce n'est pas si désagréable de rester allongé ici, pensait le pêcheur en tendant de temps à autre sa ligne et en laissant le leurre s'enfoncer dans les vagues.

Soudain, il entendit un bref gargouillis! Autour du poisson de bois, une vague circulaire s'élargit. Le fil se tendit : une prise, et une grosse! La canne à pêche lui échappa des mains et serait partie dans le lac si le fil ne s'était enroulé autour du plâtre. Vif comme l'éclair, Heikki Mäkitalo le démêla et reprit la canne solidement en main. Le poisson qui se débattait faisait trembler la toile de l'abri. Il tirait Mäkitalo vers le lac, mais le vieux résistait. Le fil allait et venait par l'ouverture et faisait bouger les rideaux. Mäkitalo commença à prendre peur : que se passait-il ? Un monstre sous-marin était-il en train de le tirer à l'eau ? Il craignait que le fil ne casse.

Sa jambe plâtrée tomba lourdement sur le lit, dont le cadre chromé résonna comme une cloche. Il pouvait maintenant tenir la canne plus fermement. Il commença à diriger le poisson. Il fallait le fatiguer.

Si seulement Rytkönen avait été là ! Il aurait pu tuer la bête dans l'eau avec le fusil de chasse.

Mais face à la poigne solide d'un vieux soldat des blindés, même un gros poisson n'a pas la force de se débattre bien longtemps. Mäkitalo parvint à sortir de l'abri et à amener sa prise tout près du bateau. C'était un énorme brochet ! Le pêcheur eut envie de hurler de joie.

Mais le poisson était toujours dans l'eau et Mäkitalo n'avait pas de filet pour le sortir. Il y avait bien des récipients en plastique empilés sur la rive, mais comment aurait-il pu aller les chercher avec ce gros plâtre qui lui montait jusqu'à l'aine ? Après avoir réfléchi quelques instants, il eut l'idée d'utiliser le sac à dos de Rytkönen. Avec son couteau, il coupa le rabat et secoua le sac pour le vider de son contenu. Il se mit ensuite à plat ventre sur le pont et le plongea dans l'eau. De l'autre main, avec la canne à pêche, il essaya de diriger le brochet géant pour le faire entrer dedans. Mais les poissons n'ont guère envie de se précipiter dans des sacs à dos. Trois fois, l'animal parvint à s'enfuir dans un grand jaillissement d'écume. Mäkitalo le fatigua et réussit à le faire revenir. Le brochet était si gros qu'il entrait à peine dans le sac, mais il fut forcé de se rendre. Mäkitalo dut mobiliser toutes ses forces pour le hisser sur le pont, avec plusieurs litres d'eau. Il laissa tomber le sac et le brochet et tua ce dernier à la hache. Il avait avalé complètement le poisson de bois. Ses mâchoires étincelaient. Mäkitalo estima qu'il mesurait un mètre de long et pesait une quinzaine de kilos.

Après avoir repris son souffle, le pêcheur tira sa prise à côté de son lit et remit sa jambe en traction. Il caressa d'un geste appréciateur le brochet qui gisait sur le plancher : il s'était bien battu, il fallait le reconnaître. Mäkitalo songea qu'il venait d'accomplir un acte historique. Avait-on déjà vu quelqu'un attraper un poisson aussi gros depuis un lit d'hôpital, avec une jambe dans le plâtre et en traction ? Il faudrait prendre ce monstre aquatique en photo et établir un certificat attestant dans quelles conditions la capture avait été faite. Il pourrait envoyer la photo et le certificat au Livre des records : ça les laisserait sûrement baba ! Mäkitalo était le plus heureux des hommes.

Il entendit alors les voix de ses amis du côté de la fabrique de saucisson. Il ferma les yeux et fit semblant de dormir.

27

Le camp du bac de Rymättylä réserva aux Françaises un accueil compréhensif et attentionné. On leur servit d'urgence un bouillon de viande. Le docteur Sorjonen revêtit sa blouse blanche et sortit ses appareils médicaux. Les membres du camp de survie furent alignées devant l'hôpital de campagne. Sorjonen examina individuellement les malades et constata que celles-ci étaient toutes des jeunes femmes de constitution robuste. Leurs poumons étaient normaux. Leur pouls s'accélérait légèrement pendant l'examen. Le seul problème qu'il convenait de résoudre était la sous-charge pondérale. Sorjonen conclut que tout le groupe était atteint d'anorexie nerveuse. Pour traiter cette maladie, l'hôpital de campagne disposait d'une réserve de remèdes inépuisable : les quelques milliers de kilos de viande de première qualité qui se promenaient dans le marais de Kotkanneva à la suite du taureau Eemeli.

Il fut décidé de transférer le camp de survie au bord du lac de Venetjoki. Sorjonen et Rytkönen construisirent une cabane et cédèrent aux demoiselles les plus mal en point l'une de leurs tentes pour qu'elles puissent s'y installer jusqu'à ce que leur état s'améliore. La cabane fut recouverte de rameaux de sapin et le sol de plusieurs épaisses couches de feuilles. Sorjonen prescrivit du repos aux végétariennes épuisées. Skutarin et Jugrazar commencèrent à leur préparer un délicieux repas de bienvenue.

Ils décidèrent de faire une pleine marmite de gyouvetchi, le fameux ragoût des Balkans. Girill Jugrazar affirma qu'il le cuisinait à la manière des anciens moines de Bosnie-Herzégovine. Il s'agissait d'un plat typique particulièrement consistant, dont les deux cuistots pensaient qu'il conviendrait parfaitement pour redonner un peu de volume aux pauvres Françaises affamées.

Ils mirent dans la marmite dix kilos de la meilleure viande de bœuf — filet, macreuse, selle, rôti coupé en dés — et trois kilos d'oignons grossièrement hachés.

Ils firent revenir ces ingrédients dans deux litres d'huile et un peu d'eau. Lorsque la viande eut blanchi et que les oignons furent dorés à souhait, ils ajoutèrent un kilo de poivrons coupés en morceaux, deux kilos de tomates, deux litres de petits pois, une poignée de poivre blanc, une tresse d'ail haché, quatre litres d'eau et trois poignées de sel.

Ils mélangèrent le tout et laissèrent réduire jusqu'à ce que la viande soit tout juste couverte par le bouillon.

Ils ajoutèrent ensuite deux bouteilles de vin blanc, une poignée de romarin, cinq cuillères à soupe de menthe sèche et cinq feuilles de laurier.

Dans un autre récipient, ils firent cuire dix kilos de pommes de terre et trois kilos de carottes.

Ils servirent le plat directement de la marmite : les Françaises affamées furent placées en file indienne, et les cuisiniers entassèrent dans leurs assiettes de copieuses portions de gyouvetchi. Rytkönen versa de la vodka dans des gobelets en carton et Sorjonen coupa le pain.

La réputation de la cuisine balkanique n'est pas usurpée : le gyouvetchi était absolument délicieux : il dégageait des parfums subtils et équilibrés, le goût puissant de la viande était renforcé par les condiments savamment dosés ; l'huile de première qualité et le vin blanc demi-sec donnaient la dernière touche pour l'obtention d'une saveur parfaite. Le plat était particulièrement corsé, on y percevait une note sauvage en accord avec la nature des montagnards, mais aussi un arôme particulier qui confinait au divin. Ce n'était pas sans raison que ce plat était connu sous le nom de gyouvetchi spécial des moines.

Lorsque les Françaises squelettiques goûtèrent à ce délice, leurs muscles faciaux crispés par le jeûne se détendirent en un sourire euphorique et leurs yeux séchés par le malheur se mouillèrent de larmes de reconnaissance. Elles mangèrent à satiété et remercièrent Dieu de les avoir sauvées. Elles avaient bien failli mourir de faim.

Au crédit du gyouvetchi à la mode des moines, et comme preuve de sa qualité exceptionnelle, il convient encore de préciser qu'aucune des Françaises ne souffrit du moindre trouble intestinal après l'avoir dégusté. Bien que le plat fût particulièrement épicé, les notes les plus fortes avaient été atténuées par la cuisson longue de la viande et par un assaisonnement qui évitait les contrastes excessifs entre les différents aromates.

À partir de ce jour, les Françaises se mirent à grossir, leur peau flasque se tendit et commença à briller, leurs fesses retrouvèrent toute leur élasticité, leurs membres décharnés reprirent de la vigueur.

La situation alimentaire du camp ne se dégrada pas pour autant : Taavetti Rytkönen abattit de nouveaux taureaux, et à présent ce n'étaient pas les porteurs de viande qui manquaient. La fabrique de saucisson augmenta sa production. Une partie de la viande était salée, une autre séchée, une autre consommée immédiatement. Au bout d'une semaine, le service de l'hôpital de campagne dédié au traitement de l'anorexie nerveuse put fermer ses portes. Les douze étrangères avaient été ramenées à la vie. Heikki Mäkitalo fit ses premiers pas en s'appuyant sur des béquilles. Seul le pronostic concernant Taavetti Rytkönen paraissait très sombre.

28

Un matin, Anna Mäkitalo arriva en barque au camp pour voir son mari. Elle apportait deux brioches et le dernier numéro de *L'Avenir des campagnes*, dans lequel figurait un long article sur les grands défis agricoles liés à l'adhésion prochaine de la Finlande à l'Union européenne. L'auteur s'inquiétait du sort qui attendrait les petits exploitants finlandais lorsque leurs produits se retrouveraient en concurrence avec ceux des régions européennes plus ensoleillées. Heikki Mäkitalo fut à la fois intéressé et déprimé par cet article.

Anna était un peu intimidée par les douze Françaises qui menaient grand tapage dans les environs de l'hôpital de campagne. Un groupe aussi nombreux produit inévitablement un vacarme infernal. Eh bien ! songea-t-elle, il s'en passe des choses, par ici ! Son opinion fut définitivement faite lorsqu'elles enlevèrent leurs vêtements et partirent se baigner dans le plus simple appareil.

Le rideau qui fermait l'entrée de l'abri se balança bizarrement : Heikki Mäkitalo tendait le cou depuis son lit pour admirer le paysage lacustre. Anna décida de ne pas prolonger inutilement son séjour sur le bac. Seppo Sorjonen lui demanda de téléphoner à sa fiancée et de lui transmettre ses salutations les plus tendres.

De retour à Kälviä, elle appela aussitôt Helsinki et s'acquitta de la commission. Irmeli Loikkanen était triste. Elle demanda comment les choses allaient pour Sorjonen en pleine nature.

« Ça se passe très bien, répondit Anna, ça fait même envie !

— Les pauvres ! Qui leur prépare à manger là-bas ?

— Oh, ils ont engagé deux cuisiniers, un Albanais et un Bosniaque qui leur mijotent des plats délicieux !

— Mais quand même, des hommes tout seuls... »

Anna Mäkitalo ne put s'empêcher de lui dire que les quatre chasseurs n'étaient pas tout à fait seuls mais partageaient leur camp avec douze jeunes femmes venues de Paris.

« Ils sont au milieu de ces bonnes femmes. Ils mangent des ragoûts succulents, ils boivent du bon vin. Tout le monde se baigne à poil dans le lac. Oui, votre ami m'a chargée de vous dire que tout allait bien. »

Irmeli avait peine à croire ce qu'Anna lui révélait. Son fiancé s'amusait avec douze Françaises en pleine nature ? Non, impossible. Si Seppo avait eu besoin d'une compagnie féminine, il le lui aurait certainement dit.

« À moi non plus, on ne m'a rien dit. Mon bonhomme se prélasse sur son lit et se retourne pour mieux voir quand les Françaises se lavent le dos. Et ils n'ont même pas honte ! J'ai débarqué là-bas à l'improviste et j'ai tout vu. Quand je pense que je leur avais fait des brioches ! »

Irmeli demanda à Anna de la conduire à ce camp luxurieux. Elle prit l'avion du matin pour Kokkola et alla en taxi jusqu'à la rive nord-ouest du lac de Venetjoki, où Anna Mäkitalo l'attendait avec une barque. Elles ramèrent à toute allure jusqu'au bac de Rymättylä. Irmeli vit alors l'abri en toile blanche sur le pont du bateau, la fabrique de saucisson installée sur la berge, les hommes qui y travaillaient et, effectivement, douze Françaises qui allaient et venaient au milieu d'eux.

Les hommes furent soumis à un interrogatoire vigoureux. Sorjonen et Mäkitalo essayèrent d'expliquer du mieux qu'ils purent la présence des étrangères. Ils eurent beau jurer de leur innocence, ils ne furent pas entendus. Irmeli arracha sa bague de fiançailles et essaya de pleurer, mais elle était tellement furieuse qu'elle n'y arriva pas.

Sorjonen et Mäkitalo ne savaient pas quoi faire. Taavetti Rytkönen n'était pas en mesure de fournir le moindre témoignage, car il n'avait que des souvenirs très vagues de ce qui s'était passé ces derniers temps. Il fit cependant l'éloge des Françaises, qu'il présenta comme des jeunes personnes très sympathiques.

La situation était si explosive que Seppo Sorjonen plaça quelques provisions dans la barque et proposa à sa fiancée de faire un petit tour en bateau, en lui promettant qu'il lui expliquerait tout sur l'île située au centre du lac, à quelque distance de là.

Une fois sur place, il lui jura qu'il disait la vérité et s'efforça de parvenir à une réconciliation. Il apprit ainsi à connaître les aspects les plus venimeux du caractère d'Irmeli et put exercer ses talents d'orateur.

La paix et l'harmonie furent finalement rétablies, mais cela leur prit toute la journée. Heureusement, ils avaient emporté de quoi manger. Sorjonen fit griller des brochettes sur le feu. Il étendit une couverture sur une petite butte couverte de mousse et y installa sa fiancée. En lui servant le café, il l'assura de sa fidélité.

La journée était belle. De petits cumulus indolents passaient dans le ciel bleu. La surface du lac ondoyait en se couvrant de crêtes d'écume. Les mouettes criaillaient. Entre les joncs, une cane nageait, avec dans son sillage une file de canetons duveteux.

Irmeli Loikkanen, allongée sur la couverture, n'arrivait plus à se sentir offensée. Elle commençait à comprendre qu'on pouvait rencontrer des étrangers en Ostrobotnie, surtout pendant la saison touristique. Si ces étrangers se trouvaient être des Françaises affamées, cela n'impliquait évidemment pas que ceux qui les recueillaient s'adonnent avec elles au libertinage.

Les jours d'été sont longs et la bonne entente est un plaisir. Les deux amoureux restèrent sur l'île jusque tard dans la soirée. Ils discutèrent des détails pratiques de leur mariage, se baignèrent, mangèrent de la viande et se livrèrent à de doux ébats sur le lit de mousse. En suivant du regard les nuages qui passaient dans le ciel bleu, Sorjonen raconta à Irmeli le saccage de l'exploitation de Mäkitalo et lui parla de Taavetti Rytkönen, qu'il décrivit comme un personnage fascinant. La semaine précédente, en pleine chasse au taureau, il s'était soudain arrêté et avait jeté son fusil par terre ; il s'était alors approché de Sorjonen et lui avait demandé de noter une idée qu'il venait d'avoir pour résoudre les problèmes d'approvisionnement énergétique de la planète.

« Les déments ont parfois du génie. »

Sorjonen expliqua à Irmeli l'idée de Rytkönen. Il s'agissait d'utiliser la force d'attraction de la Terre, ou celle du Soleil, que l'on nommait également gravitation. En tournant autour du Soleil, notre planète produit une énergie cinétique importante et inépuisable, qui pourrait être exploitée à des fins industrielles avec un dispositif adéquat. À l'emplacement de son axe imaginaire, il conviendrait de fixer un axe véritable que l'on relierait à une centrale électrique par des roues dentées. La rotation de la Terre ferait tourner les roues dentées, qui feraient tourner les génératrices de la centrale. L'électricité ainsi produite suffirait à couvrir les besoins de l'humanité tout entière. On pourrait planter des axes à des endroits adéquats sur tous les continents, mais pas sur l'équateur, parce que la Terre ne tourne pas à cet endroit-là. Plus la centrale serait proche du pôle, meilleur serait son rendement.

Irmeli réfléchit soigneusement à l'idée. La physique ne l'avait jamais beaucoup enthousiasmée, mais elle ne voulait pas faire mauvaise impression sur son fiancé.

« Au moins, une telle centrale ne produirait aucune pollution », commenta-t-elle.

Puis elle s'inquiéta.

« Est-ce que la Terre ne risque pas de dévier de sa trajectoire si l'axe subit une charge trop importante ? »

Sorjonen la rassura.

« Aucun danger. Elle est suffisamment lourde, elle résisterait. Rytkönen a dit qu'il devait encore réfléchir à certains aspects pratiques de son invention. Il faudrait notamment trouver dans l'espace un point d'ancrage suffisamment solide où l'on puisse arrimer la force d'attraction de la Terre.

— S'il est conseiller-géomètre, il n'aura aucun mal à le trouver, estima Irmeli.

— Oui, sans doute, à condition que sa mémoire ne lui joue pas des tours. »

Quand ils retournèrent sur le bac de Rymättylä, il faisait déjà nuit depuis longtemps. Ils ramèrent doucement sur le lac, dans le reflet de la lune, en écoutant le cri mélancolique du courlis. Le camp était endormi : les Françaises dans leur cabane, Rytkönen dans un coin de l'abri en toile et les Mäkitalo dans le large lit d'hôpital. Le plâtre de Heikki reposait sur la hanche d'Anna. Sans faire de bruit, les fiancés se glissèrent tous les deux dans un sac de couchage. Irmeli remonta la fermeture Éclair et souffla : « Bonne nuit, mon amour. »

29

La vie est faite de séparations, de départs, de voyages. Irmeli Loikkanen et Anna Mäkitalo partirent les premières. Tout avait été pardonné.

Les Françaises engraissaient à belle allure et commençaient à avoir meilleure mine. Les racines ne les tentaient plus guère. Elles mangeaient de bon appétit la nourriture du camp, dormaient, nageaient, prenaient des bains de soleil. Puis elles finirent par se lasser de tout cela et retournèrent en France. C'est là qu'elles se trouvent encore aujourd'hui, mariées et heureuses.

Rytkönen participa à la chasse jusqu'à ce que le dernier taureau soit abattu. Sorjonen portait le fusil et ne le lui confiait qu'au moment de tirer. Dès que l'animal s'écroulait, le vieux soldat soufflait dans le canon pour faire sortir la fumée et rendait l'arme au « docteur ».

Georg Skutarin et Girill Jugrazar transformaient les taureaux en saucisson, viande séchée et viande salée. Ils préparaient également des plats de viande pour eux-mêmes et pour leurs amis finlandais. Tous avaient grossi et étaient en pleine forme.

Un jour, au début de l'automne, Heikki Mäkitalo cassa son plâtre, lava dans le lac sa jambe à la peau jaunie et fit ses premiers pas sans béquilles. Le même jour, Skutarin et Jugrazar chargèrent la viande dans une barque et demandèrent à Sorjonen de les emmener au village qui se trouvait à proximité du lac. Les lourds saucissons sur les épaules et les baquets de viande dans les bras, ils attendirent dans le centre de Lestijärvi le bus pour Seinäjoki. Ils avaient l'intention de vendre une partie de leurs produits à la cuisine de l'hôtel de la Plaine et, avec l'argent obtenu, de retourner chez eux, dans la « poudrière » agitée et captivante des Balkans. Avec un chargement de viande, le retour serait peut-être plus facile.

Dès que Heikki Mäkitalo se fut débarrassé de son plâtre, Taavetti Rytkönen occupa le lit de son vieux camarade. Celui-ci ne s'en formalisa pas, il trouvait qu'il était resté allongé suffisamment longtemps sur ce machin chromé et s'installa de bonne grâce de l'autre côté de l'abri, dans le sac de couchage libéré par Rytkönen.

Eemeli fut enfin abattu. Heikki Mäkitalo s'en chargea en personne. Le taureau fut tué à l'endroit même où les Françaises avaient souffert de la faim dans leur camp de survie. Sa mort avait quelque chose de symbolique : il s'était effondré sous le coup tiré par son maître, il avait succombé le dernier et avec dignité, comme il sied à un chef de troupeau.

On lui ôta l'émetteur radio qu'il portait au cou. Le soir, Koistinen, le fou du village, arriva en barque et exposa en détail ses projets concernant le développement du tourisme international sur le bac de Rymättylä. Mäkitalo cacha l'émetteur miniature dans le sac à dos de leur visiteur. Lorsque celui-ci fut reparti pour aller pêcher, il confia à Sorjonen qu'il avait l'intention d'offrir le récepteur à la femme de l'idiot, afin qu'elle puisse suivre à l'avenir ses déplacements à travers le monde. Koistinen était un mari si volage qu'un tel système était tout à fait justifié. Ses escapades des années précédentes l'obligeaient maintenant à verser des pensions alimentaires qui grevaient lourdement le budget du ménage.

L'hôpital de campagne du docteur Sorjonen fut démantelé, car la quasi-totalité des malades étaient guéris. Rytkönen avait été reconnu incurable. Sa démence s'était considérablement aggravée. Il était devenu exigeant comme un enfant. Il fallait le veiller pendant la nuit. Il ne se souvenait de rien. Il critiquait très durement Sorjonen et Mäkitalo et était difficile à tous égards. À ce stade de la maladie, Sorjonen ne pouvait que se réjouir du fait qu'il n'avait pas conscience de son état ou, en tout cas, refusait de l'admettre. Il se montrait autoritaire, égoïste et en retirait visiblement du plaisir.

Ils démontèrent le camp, chargèrent la viande d'Eemeli dans la barque et placèrent par-dessus le lit de Rytkönen. Sorjonen et Mäkitalo emportèrent la viande et leur ami sur la berge nord-ouest du lac, où Anna les attendait avec le tracteur. Heikki prit les commandes et transféra l'ancien combattant et son lit sur la remorque. Taavetti Rytkönen retrouva la mémoire un instant et déclara, alors qu'il se balançait en l'air :

« Un conseiller-géomètre est appelé à tout connaître si Dieu lui prête vie. »

Ils se rendirent à Kälviä. Sorjonen suivit le tracteur avec la voiture de location. La viande fut placée dans la cave du beau-frère d'Anna Mäkitalo.

Lors du banquet d'adieux, le conseiller-géomètre Rytkönen engloutit un kilo d'aloyau du taureau Eemeli, qu'Anna, à sa demande, avait préparé à la mode balkanique. Sorjonen l'aida à prendre place dans la voiture et le conduisit le jour même à Espoo, dans le quartier de Haukilahti. Devant chez lui, il retrouva provisoirement sa raison et voulut payer à son ami un salaire et des indemnités pour les mois d'été. Sorjonen refusa. Il expliqua au vieil homme qu'il n'avait voyagé avec lui que pour son amitié. L'amitié était une ressource naturelle et gratuite. Chez certaines personnes, elle était inépuisable.

« C'est très juste, reconnut Taavetti Rytkönen avec émotion, il faut que je me souvienne de ça. »

Dans la maison de Rytkönen, à Haukilahti, ils

trouvèrent sa gouvernante, une alcoolique rondouillarde qui ne s'était pas inquiétée le moins du monde de la disparition de son patron. Elle accueillit son retour avec une certaine agressivité. Elle lui reprocha de revenir dès la fin août, alors que les autres années il était resté absent plus longtemps, au moins jusqu'à l'automne. Les hommes étaient tous des salauds ! Elle n'avait pas fait le ménage parce qu'elle ne pouvait pas se douter que son patron allait rentrer si tôt.

Sorjonen lui paya son salaire et la renvoya. Il conduisit ensuite Rytkönen à la résidence pour personnes âgées de Haukilahti, où il y avait justement à vendre un deux-pièces agréable au premier étage. Avec l'aide d'Irmeli, il transporta dans le nouvel appartement les affaires auxquelles Rytkönen tenait le plus et mit la maison en location. Rytkönen lui avait signé une procuration en blanc afin qu'il puisse procéder aux démarches. Lorsque tout fut terminé, Sorjonen déchira la procuration et avala les morceaux afin qu'elle ne tombe pas en de mauvaises mains.

Irmeli décora le deux-pièces dans un style paisible et un peu démodé. Elle accrocha aux fenêtres les rideaux pris dans l'ancien logement de Rytkönen, étendit sur le lit son couvre-lit familier, posa sur les gradins du sauna le seau en bois dans lequel il avait l'habitude de puiser de l'eau pour la jeter sur les pierres. Sorjonen trouva dans les affaires de Rytkönen un théodolite très usagé.

Il le plaça avec son trépied entre le fauteuil à bascule et le canapé, de façon qu'il ne gêne pas le passage. Irmeli installa près de la fenêtre un yucca touffu, dans un bac avec réservoir. Sur la table de nuit, ils placèrent des ouvrages techniques de topométrie et de géodésie ainsi que le dernier annuaire du Club des blindés.

Dans la salle de séjour, ils installèrent une commode en bouleau flammé, sur laquelle ils disposèrent un napperon en dentelle et un petit drapeau de la division blindée. Au-dessus de la commode, Sorjonen cloua au mur un agrandissement photographique représentant des soldats en 1943. On pouvait y reconnaître Heikki Mäkitalo qui s'appuyait d'un air nonchalant sur la chenille d'un Sturm. C'était le deuxième en partant de la gauche. Le visage grave de Taavetti Rytkönen émergeait de la tourelle.

La hanche d'Irmeli Loikkanen fut opérée en novembre. L'opération se révéla plus facile que prévu. Irmeli gagna quelques centimètres et cessa complètement de boiter. Sorjonen et elle se marièrent à Noël, à l'église de Lestijärvi.

Leur repas de mariage eut lieu à Kälviä, chez le beau-frère d'Anna Mäkitalo. La soirée fut animée de façon exemplaire par Taavetti Rytkönen, qui prononça un discours à l'intention des mariés. Il s'excusa de devoir lire son texte, mais sa mémoire était devenue trop hésitante pour qu'il puisse parler sans notes. Outre le thème du jour, l'orateur fit quelques développements sur les techniques de topométrie, en comparant notamment leur évolution en Finlande et dans les montagnes des Balkans, et procéda à une description détaillée du matériel blindé utilisé pendant les dernières guerres. Pour finir, il proposa d'observer une minute de silence à la mémoire de tous ceux qui avaient perdu la vie dans les combats de chars

DU MÊME AUTEUR

Aux Éditions Denoël

LE LIÈVRE DE VATANEN (Folio n° 2462)

LE MEUNIER HURLANT (Folio n° 2562)

LE FILS DU DIEU DE L'ORAGE (Folio n° 2771)

LA FORÊT DES RENARDS PENDUS (Folio n° 2869)

PRISONNIERS DU PARADIS (Folio n° 3084)

LA CAVALE DU GÉOMÈTRE (Folio n° 3393)

Composition Nord Compo.
Impression Société Nouvelle Firmin-Didot
à Mesnil-sur-l'Estrée, le 24 mai 2000.
Dépôt légal : mai 2000.
Numéro d'imprimeur : 51550.

ISBN 2-07-041425-6/Imprimé en France.